꿀빵 레시피

꿀빵 레시피

심은신 지음

실천문학사

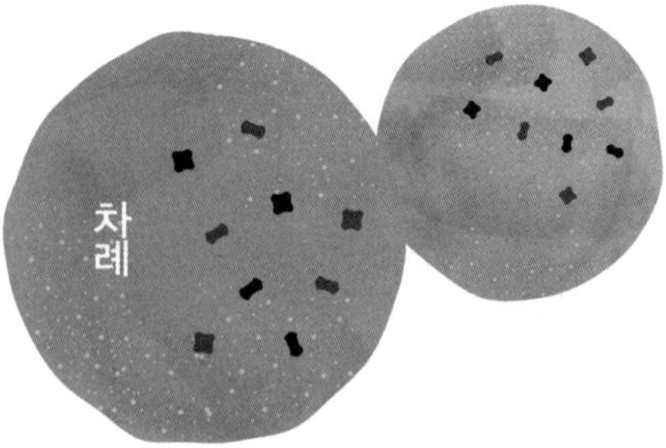

차례

오천 명이 넘는 관객 앞에서 내가 노래할 때 아빠는 미소 짓게 될까.

언젠가 천국에 가면 천하무적 귀로 변신해, 아주 먼 곳의 아주 작은 소리까지 들을 수 있을 거라 기대하는 우리 아빠. 하지만 난 꼭 이곳에서 농인인 아빠 귀에 내 노래를 들려주고 싶다. 지금 아빠와 내가 함께 있는 곳이 천국이니까. 간절한 소망을 담은 이 편지가 하늘까지, 우주까지, 아주 먼 우주까지 날아서 마침내 신의 손에 도착하기를….

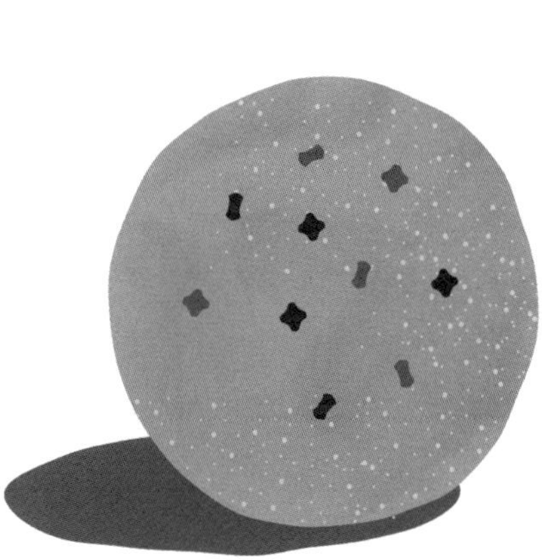

뒤죽박죽 반죽

어색함을 견뎌야 하는 순간이 또 불쑥 찾아 왔다. 정신을 차려보니 양송이의 품에 안긴 채였다. 꽉 끌어안은 양송이에 비해 어정쩡한 자세로 서 있는 나. 매번 이런 식이다. '한 달 만에 만난 반가운 친구' 연기하기가 방정식보다 어렵다면 누가 믿을까. 둥근 얼굴만 보면 쌍둥이 자매 같지만, 능력치의 공통점은 전혀 없다는 게 우리 사이의 엄연한 현실이다.

"이노래, 진짜 오랜만이다. 우리 한 달 만에 보는 거지? 잘 지냈어?"

양송이의 속사포 인사말이 안드로메다 방언처럼 들렸다. 머릿속 뉴런이 느슨해진 건지 나는 누구, 여긴 어디, 아침부터 헤매는 중이다. 어젯밤엔 긴장해서 네 시간밖에 못 잤다. 살벌한 사바나로 돌아와야 하는데 눈치 없는 시간이 6G로 달려서 D-day, 어느새 개학이 됐다. 현실을 잊은 채 먹고, 자고, 쉬고, 쓰리 스텝 놀이에 푹 빠졌던 여름 방학이 그리웠다. 시간이 날 배신했다고, 괜히 투덜대며 양송이를 슬쩍 밀쳐냈다.

"물리적 시간은 죄 없어. 계속 놀고 싶은 심리적 시간이 문제인 거지."

내 불평을 진단하면서 양송이는 톡, 아킬레스건을 건드렸다. 전교 2등에 빛나는 수재에게 또 허를 찔려버렸다. 정확한 진단에 뻘쭘해져서 괜한 트집을 부렸다.

"양송이, 뭐야? 너 설마 개학을 환영한다는 뜻?"

"이노래, 생각 좀 하고 말해. 나, 방학 동안 하루도 못 쉬었어."

한 달 내내 소식 한번 없던 양송이가 야속했지만, 그럴만한 사정이 있었던 건 사실이다. 방학식 날, 엄마에게 핸드폰까지 반납하고 기숙 영어 특강을 수강하러 서울로 떠났다. 외국어고에 진학해 세계적인 동시 통역사가 되겠다는 양송이의 꿈이 내겐 '그들만이 사는 세상' 같다.

"노래 넌 방학 어떻게 보냈어? 물놀이 정도는 다녀왔겠지?"

신비주의자는 아니지만, 집콕을 사수한 행적을 밝히긴 싫었다. 아빠 엄마는 일하느라 여름 내내 울릉도에 가 있어서 내 맘대로 지냈다. 오전 열 시쯤 일어나 보면 간호사인 언니는 이미 출근한 뒤였고, 세수도 안 한 채로 아점을 먹고 나면 어느덧 정오였다. 어정대다 다시 배가 고파 간식을 찾아 먹으면 오후 세 시, 잠깐 핸드폰을 만지다 보면 저녁이 됐다. 아무것도 안 하고 간섭없이 지내는 게 정말 좋았다. 긴장할 일도 눈치 볼 필요도 없는 시간은 선물 같았다.

사실, 방학 동안 생존 활동 외에 유일하게 했던 건 노래였다. 아빠와의 약속 때문에 청소년 시립 합창단 입단 오디션 곡 〈별〉을 자주 불렀다. 노래만 부르고, 부르고, 부르면서… '바온'의 노래 〈베짱이〉 가사와 싱크로율 백 퍼센트 시간을 보냈다. 이 주 뒤 토요일에 추가 입단 오디션이 있는 건 친구들도 모르는 일급 비밀이다.

"나야 뭐… 방학 내내 실컷 놀았지."

"부럽다, 부러워! 이노래처럼 자유로운 영혼이 또 있을까!"

양송이가 마음에도 없는 말을 던졌다. 정말 부럽다면 열여섯 살 여중생답게 입술에 냉소를 머금거나, 살짝 표정이 굳어졌을 테다. 부러움을 가장한 농담이 분명했다. 아직 양송이는 나에게 '프랜드'가 아니라 '클래스메이트'로 보였다.

"양송이, 이노래, 안녕?"

교실에 등장한 김하늬에게로 남학생들의 눈이 한꺼번에 몰렸다. 상냥한 인사가 딱딱한 공기를 말랑말랑하게 했다. 송내 중학교 여신답게 밀가루를 뿌려놓은 듯 하얀 피부는 여전했다. '단아한 수다쟁이'의 이중적 매력도 그대로였다. 나는 어정쩡하게 손을 들어 김하늬의 인사에 답했다. 핵인싸가 환대받는 자리에 친구랍시고 끼어들기가 애매했다.

"헐, 김하늬는 얼굴이 하나도 안 탔어. 그대로야."

"하늬 재, 방학 내내 천문과학관 캠프 안에서만 지내서 그래. 서울대학교 과학 영재반 소속이거든. 천체 관찰하느라 야행성 인간으로 살았을걸?"

하늬 바라기 고준영이 감탄하자 옆에 있던 사생팬 박예준이 보충 설명을 늘어놓았다.

천체 물리학자를 꿈꾸는 야무진 김하늬. 방학 동안 광학 망원경으로 달의 주기를 관측할 거라고 했었다. 그래서였을까, 하늬도 방학 내내 소식 한번 없었다. 내가 먼저 소식을 전하기엔 둘 다 너무 바빠 보였다. 시간을 구걸하긴 싫었다.

좌청룡! 우백호! 수퍼울트라 인간 둘이 '프랜드'라는 이름으로 내 옆에 있다. 3학년에서 같은 반으로 만난 이후 둘과 나를 묶어 아이들은 '투 플러스 원'이라고 부른다. 양송이는 '동글이 얼굴 둘에 여신 하나'라는 뜻이라며 웃어넘겼지만, 풀이하자면 '수재 둘에 모지리 하나'라는 의미다. 나까지 공부를 잘했더라면 '멘사클럽'으로 불렸겠지만, 인공두뇌 이식 전엔 불가능한 일이다. 영어 회화라면 혀부터 굳고 보름달을 보면 빵부터 먹고 싶은 난, 평범한 먹깨비일 뿐이다. 셋이 함께 다니는 게 아이들에게는 세계 불가사의처럼 보일지도 모른다.

"흥! 자기 처지 모르고 붙어 있는 꼴이라니. 금수저 우등생들 옆이란 게 말이 돼?"

조롱하는 말이 날아와 뒤통수에 박혔다. 빛의 속도로 돌아보니 김모나는 짐짓 다른 데 시선을 둔 채 딴청을 부렸다. 자기 처지라면, 17평 임대아파트에 사는 우리 집 형편을 저격한 게 분명했다. 살벌한 사바나는 그대로였다. 스트레스가 뉴런을 팽팽하게 잡아당기자 상황 반응 공식이 바로 떠올랐다. 이에는 이! 눈에는 눈! 함무라비 법전만이 사바나에서 살아남을 인생의 길라잡이였다. 하이에나에게 당하지 않으려면 '받은 만큼 돌려주기' 원칙을 철저히 지켜야 한다.

"김모나. 하고 싶은 말이 뭐야? 눈꼬리 내리고 똑바로 얘기해."

"지금 뭐래?"

툭 건드려준 아킬레스건에 김모나의 눈꼬리 고도가 더 상승했다. 매운 시선으로 눈싸움이 붙으려는 순간, 오지랖 넓은 양송이가 수습에 나섰다.

"이노래, 김모나, 둘 다 오랜만에 만나서 왜 그래? 모나야, 너도 방학 잘 보냈지?"

악인 선인 안 가리고 마음 헤프게 퍼주는 양송이가 거슬렸다. 호불호도 없이 그리니치 천문대에 양발을 걸친 인간처럼 굴었다. 김모나 문제로 열 받을 때마다 성격 특성이라며 두둔해 왔다. 양송이가 우정 속에 숨겨둔 가면을 이 년째 찾는 중이다.

"난 뭐, 예술고 입시 준비로 바빴지. 한 달 내내 성악 레슨 받았어."

김모나의 3단 자랑질에 구역질이 났다. 결국 '성악 레슨 못 받는 넌 흙수저이고 레슨 받는 난 금수저, 양송이도 금수저, 고로 양송이의 친구가 될 사람은 나'라는 논리였다.

"다들 안녕?"

서로 째려보며 불꽃이 튀려는데, 마침 조회 들어온 담임 샘. 점화 중이던 싸움은 불발되고 말았다. 김모나 없는 청정 구역이 그리운 만큼 6G의 시간이 야속했다. 1학기 내내 양송이와 붙어 있는 꼴이 보기 싫었는지 툭하면 눈을 흘기고 말을 비꼬았다. 차라리 혼자 다닐까 고민해봤지만, 짐승이 득실대는 사바나에서 동행자 없이 버티는 건 위험했다. 초딩 6학년 때 트라우마가 귓가에 속삭였다. 절대 혼자 다니지 말라고. 진심 같은 건 아무래도 좋으니 일단 같이 밥 먹고, 함께 특별실 가고, 쉬는 시간에 대화할 동행자를 확보하라고. 숨도 쉬어지지 않던 왕따 경험을 반복하지 말라고.

아무것도 모르는 담임 샘은 결석생 없는 교실에 만족해하며 인사를 건넸다.

"모두 건강한 모습으로 돌아와서 다행이다. 지난 1학기 흑역사는 잊고 2학기는 잘 지내보자. 부탁할게. 2학기 주요 학사 일정 미리 알려줄 테니 잘 듣고 준비하도록!"

담임 샘의 바람과는 달리 2학기도 무사하긴 틀린 것 같았다. 물리적 시간의 꽁무니를 잡고 심리적 시간이 심술을 부릴 게 분명했다. 빡빡한 학사 일정에 기대서 중학교 마지막 학기가 어서 지나가길 바랄 뿐, 뾰족한 방법은 없어 보였다. 잘나가는 두 친구를 방패로 활용하고, 짐승들 앞에서 센 척 이빨을 드러내야 할 터였다.

9월 가을 소풍과 수련회, 10월 체육 대회와 팝스, 11월 시화전이 계획돼 있었다. 매년 쳇바퀴처럼 돌아가는 뻔한 행사였다. 그나마 아이들의 관심을 끈 건 12월 24일에 있을 개교 50주년 기념 음악제였다. 작년부터 소문으로만 돌았는데 주요 행사로 확정됐다.

"우리 학교가 50년간 배출한 졸업생들을 한자리에 초대하는 음악제라 큰 행사가 될 거야. 한 기수당 백 명만 참석해도 오천 명이 되겠지? 혹시 예선 오디션에 참가하고 싶다면 미리 준비하도록 해."

담임 샘의 전달에 양송이와 김하늬, 서로 돌아보며 눈으로 참가 여부를 물었다. 방학 내내 연락 한번 없던 우리 사이의 이심전심이 뜻밖이었다. 무대 공포증이 걱정됐지만, 유일한 특기인 노래로 김모나를 눌러버리고 싶었다. 세계적인 성악가가 되려고 개명까지 한 오만을 밟아버릴 기회였다. 둘에게 참가하겠다고 눈 신호를 보냈다. 무모한 동의였다. 양송이가 손가락으로 오케이 사인을 보내왔다.

"오늘 조회는 이만 끝. 개학일부터 졸지 말고 다들 힘내. 그리고 노래야, 교무실로 잠깐 올래?"

"네? 저, 저요?"

담임 샘의 호출에 현타가 엄습했다. 내 방학 생활을 깨알같이 알고 나무랄 것 같아서다. 선생님 전용 카카오 채널로 농인인 엄마와 학부모 상담을 한 건 지도 몰랐다. 호출자의 의도를 알 수 없는 지금, 머릿속은 긴장한 뉴런을 타고 적색경보가 울리기 시작했다. 방학식 날 따로 불러서 내신공부를 신신당부했는데, 한쪽 귀로 흘려버렸다. 개학일의 학업 상담이야말로 심리적 시간이 부린 심술 같았다.

헉! 복도 맞은편, 후광 속에 걸어오는 남학생은 송준서가 분명했다. 둥둥, 심장이 먼저 알아보고 북소리를 내기 시작했다. 먹깨비 남학생들 사이에서 홀로 빛나는 준서는 멀리서 봐도 클래스가 달랐다. 4교시를 마치자마자 급식소로 달려가는 영혼들과는 비교 불가다. 준서 머릿속엔 식단표 대신 시심이 출렁이고 있을 테다. 방학 내내 물놀이도 안 갔는지 얼굴이 뽀얬다.

"노래야, 안녕? 반갑다. 오랜만이야."

"으응, 안녕…."

어정쩡한 내 대답. 어색한 상황에 얼른 반응 공식이 떠오르지 않았다. 수면 부족으로 충혈된 눈과 부스스한 얼굴이 신경 쓰였다. 김하늬에게 틴트라도 빌려 바를 걸 그랬다. 사람에게 쉽게 빠져들지 않는 내 성격치고는 이상한 반응이었다. 사람은 신뢰할 수 없다는 신념을 흔들어버린 유일한 아이… 내 이름에 수식어 '무덤덤'을 붙여준 아이들이 알면 짝사랑에 빠졌다고 의심할 게 뻔했다.

작년 가을, 5층 음악실로 향하다가 복도 벽 액자 안에서 「공명」이라는 시를 발견했다.

그리운 당신에게 내 노래를 보내면
노래는 지구 밖 행성과 행성 사이
영원한 시간 무한한 공간에서
아름다운 공명으로 울릴 테지요.
내가 여기에 있고 당신이 아주 먼 곳에 있다 해도
공명 안에서
나는 여전히 당신을 만나고 있습니다.

송. 준. 서.

낯선 시인의 이름을 읊조리고 있을 때 누군가 다가와 말을 걸었다.

"부끄럽지만 내가 쓴 시야… 느낌이 어때?"

처음 보는 얼굴을 마주한 순간, 남학생의 음성 외에는 아무 소리도 들리지 않았다. 내 심리 역사에 남을 기이한 현상이었다. 태어나 처음 겪는 일이라 어리둥절했다.

"음… 누군가를 간절히 그리워하는 느낌이야. 그런데 넌… 누구?"

정지된 시간 안에 갇힌 듯, 호흡 하나하나가 벅찼다. 두 달 전 서울에서 온 전학생이라고 했다. 시 창작 동아리 회원이라는 설명을 듣고서야 현실로 돌아올 수 있었다. 친절한 말투보다 얼굴이 하얘서 놀랐다. 깨끗한 피부에 선한 눈, 오뚝한 코. 남자의 얼굴이 아름답다고 느낀 건 방탄소년단 '정국' 이후 처음이었다. 그러니까, 현실의 남자로는 최초였다. 꽃미남 송준서가 마음 안에 광대한 우주를 품은 게 신비로웠다.

"딱 맞췄어. 어떤 사람을 그리워하며 쓴 시 맞아. 그런데, 이름이 이노래? 정말 예쁜 이름이다. 난 노래 잘하는 사람을 좋아하는데… 네 이름이 내 시 안에도 있네."

신기한지 송준서의 눈은 동그래졌고, 으쓱해진 나는 아빠가 지어준 이름이라며 과한 정보까지 흘렸다. 그때 복도 창을 투과한 햇빛에 준서의 짙은 속눈썹이 드러났다. 눈꺼풀을 깜빡일 때마다 갈색 눈동자 아래로 빗살무늬 그림자가 일렁였다. 그림자의 일렁임을 따라 내 심장도 함께 일렁였다. 4교시 음악 시간 내내 아슬아슬한 현기증을 견디느라 배고픈 줄도 몰랐다. 이후로 음악실에 오갈 때마다 복도 벽에 걸린 시가 반가웠다. 읽고 나면 이상하게 마음이 따뜻해졌다.

"여름 방학은 재밌게 보냈어?"

"으응, 그렇지. 잘 보냈지…."

한문으로 빗대자면, 준서의 시선을 오롯이 받는 지금은 천우신조! 그런데 적당한 다음 대화가 떠오르지 않고 등에 땀만 뱄다. 누가 상황 반응을 가르쳐주면 좋겠다는 절박함에 더 식은땀이 났다. 바로 그때, 애교 작렬 콧소리가 후방에서 직진해왔다.

"하이! 준서. 보고 싶었어. 방학 동안 어떻게 지냈어?"

고막을 파고드는 파찰음은 김모나의 것이었다. 준서가 엉거주춤 손든 걸 보면 친한 사이가 아닌데, 바짝 다가서서 호감을 흘렸다.

"준서 너, 물놀이 한 번도 안 갔구나. 얼굴이 그대로야. 호호."

"으응… 물놀이… 못 갔어…."

송준서는 당황했는지 한 걸음 뒤로 물러서며 말끝을 흐렸다. 둘이 인사 나누는 틈에 뻘쭘해진 나는 다시 교무실로 발걸음을 옮겼다.

"노래야, 반가웠어. 또 보자."

김모나와의 대화를 끊고 손을 흔들어 주는 준서. 환한 미소를 향해 고개를 끄덕여 화답했다. 여름인데 이상하게 마음 안에서 쓸쓸한 바람이 불었다. 2학기 첫날부터 김모나에게 소중한 타이밍을 빼앗기다니 바보가 된 것 같았다.

"여기 잠깐 앉아볼래?"

담임 샘은 간이 의자를 내밀며 심각한 표정을 지었다. 나는 바짝 긴장해 눈치를 살폈다.

"조회 직전에 네 언니에게서 연락이 왔었어. 노래야, 놀라지 말고 들어."

서로 시선을 맞춘 이삼 초의 정적이 부담스러웠다. 준서의 미소로 느슨해진 뉴런이 다시 팽팽하게 당겨졌다.

"아빠가 쓰러지셨대."

수만 마리 꿀벌들이 귓바퀴에 몰려들어 앵앵대는 줄 알았다. 심장이 고장 났는지 제멋대로 뛰었다. 담임 샘의 어두운 표정을 해석하기 어려웠다. 아빠가 쓰러진 건 꿈 같은데 언니가 학교로 연락한 건 현실이었다. 담임 샘은 언니와 직접 통화해보라며 제출해둔 핸드폰을 건넸다.

"언니, 무슨 일이야?"

"아빠가 울릉도에서 일하다 쓰러졌어. 지금 구급차로 이송돼 오는 중이야. 부천까지 오려면 시간이 꽤 걸릴 것 같아. 두 시쯤 중앙병원으로 가야 하니까 조퇴하고 집에 가 있어. 데리러 갈게."

울릉도로 일하러 간 아빠가 구급차에 실려 오다니, 귀가 물속처럼 먹먹해졌다. 여름엔 일을 쉬라던 언니의 잔소리를 못 들은 척하더니 과로한 모양이었다. 더운 여름에 뜨거운 화덕 앞에서 빵을 굽는 건 딱 육십 살인 아빠에겐 무리였다.

"자세한 건 만나서 얘기할 테니까 집에 콕 박혀 있어."

"내가 집에 있지, 어디로…."

딸깍. 전화가 일방적으로 끊어질 때 머릿속도 하얗게 비워졌다. 커다란 물음표만 눈앞에서 둥둥 떠다녔다. 담임 샘의 눈은 부연 설명을 기다리고 있었다.

"아빠가 7월 초에 울릉도로 빵 팔러 갔는데 힘들었나 봐요. 자세한 건 병원 가봐야 알겠어요."

"농인이라 불편할 텐데 울릉도까지 일하러 가신 거야? 어떡하니! 내가 도울 일 있으면 요청하고 나중에 꼭 전화해 줘."

담임 샘은 3종 필살기인 부드러운 말투와 따뜻한 음성, 다정한 눈빛을 발사하며 제자를 달랬다. 상대방을 무장해제 시키는 필살기가 어색해서 시선을 내리깔았다.

"노래야, 담임이 왜 부른 거야? 무슨 일 있어?"

화장실 앞에서 만난 양송이와 김하늬가 말간 표정으로 물었다. 둘의 평화로운 일상이 부러웠다. 다 가진 아이들에겐 고통도 없다는 게 우주의 법칙처럼 보였다.

"담임이 하는 소리 늘 똑같지. 너희들도 알다시피 내 내신이 턱걸이 수준이잖냐."

아직 아빠 상태를 몰라서 허세로 둘러댔다. 둘이 알면 놀라 기절할지도 몰랐다. 아빠가 만든 꿀빵을 추앙하는 덕후들이니까. 그렇다. 우리 아빠는 빵장수다. 송내로 64길에 트럭을 세워 놓고 종일 꿀빵을 굽는다. 비가 올 때도 바람이 불 때도 눈이 내릴 때도 아빠는 항상 그 자리에 있었다. 가끔은 송내로 64길 건물의 일부처럼 느껴졌다.

정확히 재작년 5월 마지막 토요일이었다. 엄마 심부름으로 빵 트럭에 나갔는데 하필 송내로 64길을 지나던 양송이와 김하늬를 딱 맞닥뜨렸다. 둘은 내가 아르바이트 중이라고 짐작했다가 꿀빵 장수 딸이라는 걸 알자 물개박수를 보냈다. 매일 꿀빵을 먹을 수 있는 행운아로 추켜세웠다. 하필 그때, 빵순이 둘에게 아빠가 공짜 꿀빵을 먹인 건 치명적인 실수였다. 맛을 보자마자 엄지척하더니, 둘은 내가 없을 때도 가끔 빵 트럭에 들이닥치곤 했다. 몇 번인가 공짜 꿀빵을 흡입하며 아빠와 우정을 쌓았다. 내가 신봉하는 이분법을 적용할 수 없는 이상한 아이들이었다. 공부 잘하는 부잣집 딸들인데 도도하지도 차갑지도 않았다. 한 번도 본 적 없는 신종 인간들 같았다.

"참, 노래야. 좋은 소식이 있어. 오늘 개학일이라 까먹고 있었네."

특종 잡은 기자처럼 양송이는 꼴깍, 침을 삼켰다. 중요한 소식을 전할 때마다 보이는 몹쓸 버릇은 매번 듣는 사람까지 긴장시킨다. 흥분하지 말고 천천히 말하라는 잔소리를 듣고서야 입을 열었다.

"하늬가 그러는데 '사인어라우드'라는 장갑이 개발됐대."

"사인… 뭐라고? 장갑? 좀 알아듣게 말해."

의사소통 안 되는 둘이 한심한지 김하늬가 직접 나섰다. 단아한 수다쟁이의 토크가 시작됐다.

"내가 말해줄게. 나도 며칠 전 과학잡지 보다가 알게 됐어. 미국 워싱턴대학 학생들이 수어를 음성으로 변환해주는 장갑을 개발했대. 그 장갑에는 손가락의 움직임을 감지하는 센서가 내장돼 있다는 거야. 농인이 수어를 하게 되면, 블루투스 통신으로 스피커에 전달돼서 음성으로 자동 송출되는 구조인 거지."

"그러니까, 다른 장비 필요 없이 그 장갑만 끼고 수어를 하면 바로 음성으로 전환된다는 뜻이지."

김하늬의 과학적 설명을 독해 능력자 양송이가 딱 한 문장으로 요약해주었다. 후덜덜한 능력에 적응 안 되는 이상한 정까지… 이런 신종 인간들의 출현이 실화일 리 없다며 미간을 찌푸렸다.

"그래, 송이 말 그대로야. 노래야, 부모님께 꼭 알려드려. 알았지?"

어정쩡하게 서 있는 나를 사이에 두고 둘은 하이 파이브까지 하면서 기뻐했다. 아빠가 그간 둘에게 무한 리필 공짜 꿀빵을 먹여온 정성이 빛을 발했다. 자기 일처럼 좋아하는 모습이 고맙긴 한데, 어색해서 상황 반응 방법이 떠오르지 않았다. 대신 툭, 엉뚱한 질문을 던졌다.

"근데 그 장갑, 값이 얼마래?"

"왜, 당장 사드리고 싶어? 오, 이노래, 오늘 효심 발동했네."

단아함을 뒤로 하고 김하늬가 장난스레 받아쳤다. 맞다. 흉내라도 좋으니 효녀가 되고 싶었다. 아빠 엄마는 태어날 때부터 듣지 못해서 당연히 말도 할 수 없는 청각 장애인이다. 간단히 말하면 '농인'이다. 같은 농인이나 가족들과는 수어로, 평범한 건청인들과는 입 모양으로 의사소통한다. 빵을 팔 때는 열 손가락만 사용할 때도 있다.

재작년 5월 빵 트럭 앞에서 만난 그날, 둘은 아빠가 농인인 걸 알고 몇 초간 얼음이 됐었다. 나는 미세한 표정까지 놓치지 않았다. 하지만 둘은 이내 밝은 미소로 인사했고 엄지척 하나만으로 소통이 된다며 좋아했다. 과한 긍정 반응에 어리둥절하던 그때부터 둘의 가면을 의심하기 시작했다. 초딩 때 만났던 아이들과 달랐기 때문이다. 차라리 둘이 서로 야릇한 눈빛을 교환하거나 썩소를 머금었다면 친구도 되지 않았을 테고 의심도 없었을 테다. 둘의 우정이 진심인지 콕 집어 물어보고 싶지만, 아직 마음속에 감춰두고 있다.

어쨌든 얼굴만 아는 동급생이었는데 친구가 된 건 순전히 아빠 꿀빵 덕분이었다. '투 플러스 원'의 교집합을 굳이 찾자면… '꿀빵' 하나뿐이다. 그런데 꿀빵 제작자가 쓰러졌으니 하나뿐인 교집합이 위태로워질지도 몰랐다.

"그 장갑, 당연히 사주고 싶지. 엄마 아빠 목소리 듣는 게 내 소원이니까."

"그러니까 노래야, 공부 열심히 해서 장학금으로 사드리면 좋잖아. 근데 지금 내신 때문에 기운이 없는 거야?"

"머리가 아파서 조퇴 신청했어. 잠을 못 자서 그런가 봐. 그리고 나, 아무래도 개교 50주년 기념 음악제 참가는 어려울 것 같아. 무대 공포증이 심하거든."

아빠가 쓰러진 상황에서 음악제에 마음 쓸 여유가 없어 보였다. 둘은 어이없다는 듯 눈을 동그랗게 떴다.

"헐, 타고난 체력 녀가 아픈 게 말이 돼? 개학하자마자 꾀병 부릴 거야?"

"셋이 함께 노래할 건데 무슨 무대 공포증? 아니야, 걱정은 노노."

둘은 우쭈쭈, 토닥토닥, 쓰담쓰담, 기운 내라며 양쪽에서 어깨를 다독여 주었다. 좌송이와 우하늬의 격려에도 머릿속은 온통 아빠 걱정으로 가득했다.

"빵탱이! 너 방학 동안 사고 쳤지? 개학하자마자 담임 호출에 조퇴라니, 뭔가 있는 거지?"

1층 현관을 나서는데 툭, 공격이 날아들었다. 추측을 어기지 않는 건 김모나. 나한테 빵 한 번 사준 적 없으면서 빵탱이라 부르는 뻔뻔함에 치가 떨렸다. 둥근 얼굴과 빵장수 딸을 반죽해 사용료도 없이 툭하면 불러댔다. 하이에나처럼 친구 둘과의 교집합을 집요하게 물고 늘어졌다.

"김모나. 모나게 굴지 말고 제발 엎드려 있어! 너야말로 1학기 때처럼 사고 치지 말고!"

최강인 척 최대한 이빨을 드러냈다. 살아남으려면 사자 흉내를 내야 했다.

"미친 이노래! 내가 무슨 사고를 쳤다고 이래?"

"멀쩡한 애 왕따 만든 건 전교생이 다 아는 사실이야. 발뺌이 통할 것 같아?"

1학기 때 발생한 왕따 사건은 반 전체를 흔들었다. 다섯 명으로 구성된 김모나 무리에서 민유리가 어느 날 갑자기 은따가 됐다. 나머지 넷은 급식실에 마주 앉아 알콩달콩 밥을 먹으면서 유리에게는 한마디도 안 했다. 심지어 물어보는 말에도 대답 없이 투명인간 취급했다. 더 기가 막힌 건 유리가 단톡 메시지를 빨리 안 읽는다는, 시답잖은 이유로 따돌린 거였다.

"쟤들 홀수로 다닐 때부터 위태위태했어. 다섯 명이라니, 여학생들에게 홀수는 너무 위험한 숫자잖아? 누구 하나는 꼭 처지게 마련이거든. 처음부터 짝수로 무리를 만들어야 했어."

"그래도 어떻게 절친을 손절해? 무서운 애들이라니까."

"처음엔 네 명 무리였는데 모나가 합류한 뒤부터 구도가 애매해진 거래. 그래도 유리 질문에 대답해 주는 건 모나뿐이야. 그나마 무리에서 제일 괜찮은 애 같아."

그 일로 다들 쑥덕거렸지만, 김모나에겐 여론이 관대한 편이었다. 하지만 난 바로 간파했다. 홀수인 우정 무리에서 김모나가 따돌림당하지 않으려고 유리에게 선수 쳤다는 사실을. 나머지 셋을 모아놓고 이간질하는 장면을 목격한 뒤 뇌피셜은 확신으로 거듭났다. 뒤로 흑색 여론을 조장하면서 앞에선 가장 착한 아이처럼 군 거다. 이후 화가 난 유리 부모님의 신고로 학교 폭력 대책 회의가 열린다는 소문이 돌았다. 그즈음 담임 샘의 얼굴은 어두웠고 교실은 폭풍 전야처럼 고요했다. 곧 뭔가 터질 듯 아슬아슬했다. 하지만 어이없게도 사건은 민유리의 전학으로 마무리됐다. 부모님이 위험한 환경 속에 딸을 둘 수 없다고 판단했다는 것이다. 잘못도 없이 떠나버린 유리의 뒷모습이 초딩 때의 내 모습 같았다.

그 위험한 하이에나가 2학기 개학일, 눈앞에서 나를 협박하는 중이었다. 방탄소년단의 노래 〈UGH〉을 크게 틀어놓고 주먹을 흔들어 주고 싶었다.

"민유리 다음 표적이 나야? 아니면 '투 플러스 원' 해체가 네 목표야?"

부글부글 끓이며 마음속에 담아뒀던 말을 쏟아냈다. 송내중 인재 둘과 떼놓으려는 속셈이 유치해서 헛웃음밖에 나오지 않았다.

"김모나, 네 맘대로 되진 않을 거야. 우정의 세계를 모르는 네가 뭘 어쩌겠니?"

멋진 척 영화 대사 같은 말을 던지고 홱 돌아섰다. 더는 말 섞고 싶지 않았다.

"야, 빵탱이, 걔들이 널 정말 좋아한다고 생각해? 아마 동정일걸?"

뒤통수가 뜨거웠지만, 하이에나 앞에 1초라도 더 머물러 있긴 싫었다.

언니는 주차하면서 사이드브레이크를 거칠게 잡아당겼다. 액션 영화 출연 전문 스턴트맨 같았다. 중앙 병원으로 오는 내내 한마디도 없었다. 싸늘한 표정에다 시선은 앞만 고집했다. 포효하는 사자 앞 순한 양처럼 내내 눈치만 봤다. 나보다 열 살이나 많아서 막무가내로 대들 수도 없었다.

"이노래, 잘 들어. 딱 한 가지만 당부할게. 아빠 상태가 심각해. 그래도 절대 눈물 보이지 마. 반드시 지켜."

"내가 언제 우는 거 봤어? 난 원래 눈물이 없어. 선천성 눈물 결핍증, 알잖아."

"까불지 말고 침착해. 늦둥이인 네가 눈물 보이면 아빠 가슴 무너져."

"늦둥이면 뭐, 아빠 마음 더 아픈 거야?"

"당연하지. 아빠 마흔다섯 살에 널 낳았는데 네가 그냥 딸이겠어?"

"그럼, 손녀라도 돼? 나 한 번도 가족 앞에서 운 적 없어. 알면서 괜히…."

"너 다섯 살까지 진짜 많이 울었거든?"

다섯 살까진 인간이 아니라 아기였다고 빡빡 우기려다 참았다. 엘리베이터 안에서도 언니는 아무 말이 없었다. 사실 나도 아빠 상태에 관해 자세하게 묻지 못했다. 둘 다 두려움을 센 말로 견디는 중이었다. 머릿속에서 오늘 하루가 어지럽게 맴돌았다. 공포의 개학, 한 달 만에 만난 양송이와 김하늬, 김모나의 막말 대방출, 담임샘의 호출, 송준서와의 어색한 만남, 언니의 긴급 전화, 쓰러진 아빠, 사인어라우드, 그리고 조퇴… 일과가 마구 뒤섞여 뒤죽박죽 반죽이 됐다.

중. 환. 자. 실.

7층에 내리자마자 안내판에 써진 네 글자가 시야를 덮쳤다. 아빠에게 심각한 일이 일어난 게 분명했다. 대기실 의자에 등을 기댄 엄마 눈이 퉁퉁 부어 있었다. 수어로 물었다.

「엄마, 무슨 일이야? 아빠 심하게 아파?」

「응.」

「어느 정도?」

「지켜봐야 안대. 지금은 정확히 알 수 없대.」

대답하는 손가락 끝이 미세하게 떨렸다. 농인인 엄마는 손으로 말하고 손으로 울먹인다. 손 떨림은 힘들 때마다 나타나는 엄마의 어법이다. 손만 봐도 감정 상태를 눈치챌 수 있다.

「민박집에서 쓰러졌는데… 머리 혈관이 많이 막혔대.」

절망한 듯 고개를 가로젓던 엄마는 몸까지 떨기 시작했다. 심장이 약한 엄마는 자신의 수호천사가 쓰러진 게 믿기지 않는 모양이었다.

"면회하러 오신 가족분들, 손 소독하시고 차례로 입실하세요. 환자 안정을 위해 시간 꼭 지켜 주시고요."

담당 간호사를 따라 중환자실로 들어가는 길이 꿈길처럼 아득했다. 심장이 터질 듯하다가도 깨고 나면 안심하는, 개꿈이길 바랐다. 몇 개의 중간 문을 통과해 침대가 여러 개 놓인 방으로 들어갔다. 엄마가 덜덜 떨며 다섯 번째 침대 옆에 섰다. 인공호흡기를 쓴 채 누워 있는 아저씨가 우리 아빠라는 걸 겨우 알아봤다. 아빠는 기계 장치에 포박당한 포로 같았다. 머리에 붙은 여러 장치는 낯선 기계에 튜브로 연결돼 있고, 숨을 내쉴 때마다 인공호흡기엔 하얗게 김이 서렸다. 땀범벅인 머리카락은 이마에 달라붙었고, 팔다리는 축 처져서 침대 위에 부려진 채였다.

"아!"

불쑥 먼 기억 속 한 장면이 떠올랐다. 유치원 견학 때 본 나비 표본이었다. 십 년 전 그날, 전시장의 나비들은 시침 핀에 붙들린 채 유리장 안에 갇혀 있었다. 가느다란 몸통과 여린 날개에 직각으로 박힌 핀이 보였다. 박제된 줄 몰랐던 나는 나비가 가여워 당장 핀을 뽑아 주고 싶었다. 그러면 나비는 부드럽게 날개를 움직여 날아오를 것만 같았다. 아이들과 함께 전시장을 빠져나갔던 선생님이 데리러 올 때까지 꼼짝없이 나비를 지켜보았던 기억….

"흑흑흑."

시선이 마주친 순간 아빠가 울음을 터뜨리자 엄마도 눈물을 쏟아내고, 절대 울지 말라던 언니까지 도미노처럼 흐느꼈다.

「왜 이렇게 누워 있어? 무슨 일이야?」

수어 동작이 커진 내 질문에 아빠가 더 크게 울었다. 순식간에 양쪽 귀 뒤로 눈물이 줄줄 흘러내렸다.

"야, 이노래! 아빠 감정 건들지 말랬지! 뇌경색으로 지금은 눈만 깜빡거릴 수 있어. 몸 전체를 움직일 수 없단 뜻이야. 쉽게 말해 전신 마비야. 이제 아빤 손으로도 대화를 못 하게 됐어."

언니의 막무가내식 공격은 김모나보다 심했다. 둥둥둥, 심장에서 거대한 북소리가 시작됐지만 입을 앙다물었다. 다가가 겨우 아빠 손은 잡았는데, 상황 대응 공식이 떠오르지 않았다.

「괜찮아?」

목에 차오르는 뜨거운 걸 삼키면서 겨우 수어 한 마디를 건넸다. 신경이 마비돼서 손으로도 말할 수 없게 된 아빠의 눈은 옹달샘 같았다. 엄마는 준비해온 물수건으로 아빠 얼굴을 닦아주면서 같은 말을 반복했다.

「울지 말아요. 우리가 옆에 있어요. 울지 말아요. 우리가 옆에 있어요.」

정작 엄마와 언니는 울면서 아빠더러 울지 말라고 했다. 다들 울고 있으니까 난 역시 울면 안 될 것 같았다. 우리 가족 중에 눈물 총량 평균을 유지할 사람은 나밖에 없어 보였다. 언제나 그랬듯 난 울지 않겠다고 다짐했다.

7월 초 아빠는 빵 트럭을 몰고 엄마와 함께 울릉도로 떠났다. 여름은 꿀빵의 비수기지만 관광객이 많은 울릉도에선 그런대로 팔릴 거라 기대했다. 엄마도 고향인 울릉도에서 친척 할머니 민박집 일을 돕겠다고 했다. 언니는 여름엔 제발 쉬라고 말렸지만, 그냥 놀 수 없다며 두 사람은 고집을 부렸다. 이틀 뒤면 집으로 돌아오기로 약속된 날이다.

「머리가 깨질 것 같다면서 여러 번 토했어. 읍내 병원으로 가자고 하니까 아빠가 쉬면 괜찮아질 거래서 그냥 있었어. 내가 바보야. 모두 나 때문이야.」

툭툭, 가슴을 치며 엄마가 자책했다. 엄마의 약한 심장이 멈출까 봐 아슬아슬했다. 엄마가 청각장애 카드와 더불어 약한 심장 카드를 내밀면 절대 화를 낼 수 없다. 평생 아빠의 보호만 받고 살아왔으면서 왜 보호해 주지 못 했느냐고 따지고 싶은 걸 억지로 참았다.

왼쪽 팔다리부터 감각이 없어진 아빠는 그제야 언니에게 화상 전화를 걸었다고 한다. 놀란 언니가 119로 응급 지원을 요청했지만, 섬이라 포항에서 헬기가 떠야 했다. 헬기에서 내린 구조대원들이 민박집을 찾아내는 데도 시간이 걸렸다. 포항 시내 종합병원에 도착해서 응급조치를 받을 땐 이미 소뇌 혈관이 많이 막힌 상태였다. 언니 말로는, 골든 타임을 놓쳐 바로 중환자실로 보내졌다고 한다. 하루 만에 아빠는 '빵장수 은호 씨'에서 '중환자 은호 씨'가 되고 말았다.

난 운명이나 신의 섭리 따위를 거부한다. 사춘기와 함께 시작된 의심은 초딩 6학년 때 왕따를 당하면서 점점 커졌다. 고통이 이미 정해져 있다거나 어떤 존재의 계획이라면 너무 가혹한 처사다. 그 존재가 만약 신이라면 더 거부하고 싶다. 신뢰할 만한 신이라면 순수하게 추종해준 아빠의 뒤통수를 치진 않을 테니까. 우주 끝까지라도 가서 따져 묻고 싶었다.

"무슨 자격으로 우릴 실험해요? 왜 우리 가족을 마루타로 삼았어요? 고통을 어떻게 극복하는지 보고 싶은 거예요? 그걸 증명해서 뭐 하게요?"

아빠는 하루하루 누구보다 바쁘게 살았다. 언니의 만류에도 일중독인 아빠는 모르는 척했다. 하지만 그건 선택 사항이 아니라 필

수 사항에 가까웠다. 일에 중독되지 않으면 생계를 해결하지 못했을 테니까.

「노래야, 땅에서 보내는 하루가 하늘에서는 천 년 같대. 그만큼 세상에서의 하루가 소중하다는 뜻이지. 시간을 아껴 쓰고 잘 써야 해.」

언젠가 내게 들려준 아빠의 손 말에 화가 났다. 겨우 하루에 무슨 천 년씩이나, 말도 안 되는 논리라며 빡빡 대들었다. 열심히 일하다가 하루 농땡이 쳤다고 천 년씩이나 게으름 부린 게 되냐며 따졌다. 반항 카드로 안쓰러움을 숨기면서 슬펐다. 하루라도 허투루 시간을 보내지 않으려 안달하는 아빠를 이해할 수 없었다. 유일하게 쉬는 날은 일요일 뿐이지만 그날도 농인 교회에서 주차 봉사로 시간을 날려버렸다.

사회 시간에 배운 대로라면, 아빠는 살인적인 노동에 시달리던 70년대를 사는 셈이었다. 그러니까 딱 오십 년 전 노동자의 생활 방식대로 살아온 거다. 과연 레트로 영화의 주인공다웠다.

밤 12시가 넘은 시간. 면회객들이 돌아간 중환자실 로비에 엄마와 나, 언니는 열 시간째 앉아 있다. 언니는 낮 근무라 출근해야 하고 나도 등교해야 하는데, 아빠만 두고 갈 수 없었다. 저녁밥을 못 먹었는데 배고픈 줄도 몰랐다.

삼십 분 전쯤 어두운 복도 쪽으로 사라진 언니가 돌아오지 않았다. 화장실에 간 게 아니었나 보다. 스물여섯 살 아가씨가 혼자 있기에는 위험한 시간이었다. 찾아보려고 화장실 쪽으로 걸음을 옮겼다.

그런데… 복도 안쪽 끝에서 흐느낌이 번져왔다. 고양이 걸음으로 다가가 보니, 놀랍게도 언니였다.

"아빠, 미안해! 아빠, 미안해!"

어두운 창가에서 혼잣말로 울고 있었다. 창피한 줄도 모르다니, 언니답지 않았다. 울지 않기로 약속해 놓고 두 번째 계약 위반이었다. 다가가 달래 주고 싶었지만, 우리 사이에 한 번도 없던 상황이라 대처 반응이 떠오르지 않았다.

"아빠 음성 듣고 싶었는데… 이젠 영영 못 듣게 됐어… 아빠, 미안해. 어떡하면 좋아…."

분명 AI 통신프로그램 얘기였다. 한 달 전, 수어를 음성으로 변환해주는 AI 프로그램이 출시됐다며 언니가 막 흥분했었다. 언니 설명으로는, 인공지능이 사람의 수어를 분석한 다음, 다시 음성으로 읽어주는 모바일 앱이라고 했다. 실제 아빠 음성은 아니지만, 수어를 음성으로 듣는 건 기적 같았다. 아빠가 앱에 입력한 메시지를 우리는 음성으로 들을 수 있고, 우리 음성을 아빠가 메시지로 볼 수 있다니 신기했다. 아빠랑 음성으로 통화하는 장면은 상상만으로 짜릿했다. 한국 통신의 목소리 찾기 프로젝트 참가자 모집 공고를 보자마자 언니는 신청서를 바로 접수했다.

"세상에! 노래야 봐! 먼저 농인 가족의 음성으로 기본 데이터를 구성한대. 그다음, 농인의 성별과 나이를 응용해 음성을 각각 다르게 만든대. 대단하지 않아? 이건 제2의 창조인 거야!"

"농인마다 다 다르게 만든다고? 와! 진짜 신기하네. 언니, 분명 아빠 음성은 묵직한 베이스, 엄마 음성은 여린 소프라노일 거야. 그렇지? 빨리 들어보고 싶다."

물론 찰나였지만, 그때 우리는 태어나서 처음으로 죽이 잘 맞는 자매가 되었다. 그간 아빠 엄마에겐 AI 프로그램 개발을 비밀로 하고 있었다. 입이 간질간질했지만, 딸들과 음성으로 대화하는 이벤트를 터뜨리기 위해서였다. 울릉도에서 돌아오면 대박 선물을 공개할 거라며 케이크를 예약하고 폭죽까지 준비해 뒀다. 어린아이처럼 좋아하는 언니 모습이 조금 안쓰러웠다. 하마터면 우리가 피를 나눈 자매라는 사실을 되새길 뻔했다. 어쩌면 AI 수어 프로그램은 언니와 나를 위한 선물일 수도 있었다. 어차피 청력을 잃은 아빠 엄마는 음성으로 변환된 자기 목소리도 듣지 못할 테니까.

하지만 이젠 그마저도 물거품이 됐다. 손이 마비된 아빠는 음성 자료를 통째로 잃어버렸다. 워싱턴 대학 학생들이 발명한 장갑도 소용없게 됐다. 만약 불행이 우리 가족을 위해 일주일만 기다려줬다면, 미래야, 노래야, 다정하게 부르는 아빠 음성을 들을 수 있었을까.

미래는 언니 이름이다. 아빠가 직접 지었다.

「미래와 노래, 둘의 이름에 아빠 소망을 담았어.」

농인에다 부모도 없고, 배움도 부족하고, 든든한 직장도 없어서 자신에겐 미래가 없을 줄 알았다는 아빠. 늦은 나이에 기적적으로 결혼해서 딸까지 낳게 돼 정말 기뻤다고 한다. 감격에 젖은 아빠는 첫딸이 자신의 미래라고 생각했단다.

"그럼 '노래'인 내 이름은 어떻게 지은 거야? 언니 이름에 그냥 운율 맞춘 거야?"

화낼 준비 단단히 하고 따져 물었었다. 이름 때문에 아이들에게 놀림 받은 흑역사가 십 년 이상이었다. 그런데 돌아온 대답은 의외였다. 그때 들었던 아빠 대답은 아직도 내 가슴에 남아있다.

「넌 아빠의 노래이기 때문이야.」

"내가 아빠의 노래라고?"

「그래 맞아. 너는 아빠의 노래야. 영원히 부를 행복한 노래.」

오늘 밤, 아빠의 당당한 미래인 언니의 눈물은 쉽게 그칠 것 같지 않다. 영원히 부를 아빠의 노래인 나도 아무것도 할 수 없긴 마찬가지다.

믹싱 볼과 휘핑크림

“꺄! 노래야. 어서 나가 봐. 소, 송준서가 너 불러 달래.”

까무러칠 듯 흥분한 양송이의 외침에 아이들의 시선이 몰렸다. 부담 백 배를 무마하려고 미간을 확 찡그렸다.

“뭐? 송준서가 노래를 찾아왔다고? 어디? 어디?”

옆에서 더 흥분한 김하늬의 맞장구엔 기가 막혔다. 수다쟁이 본능이 단아함을 뚫고 튀어나왔다. 또 속을 줄 아는 모양이지만, 유치한 행동 좀 그만했으면 싶었다. 수재들이 초딩처럼 행동할 때마다 내 이분법이 흔들리곤 한다. 그저께도 송준서가 찾아왔다며 복도에 나가보라길래 놀라 달려갔더니 바람만 휑했다. 여긴 어디? 나는 누구? 당황해서 들어오는데 둘은 배를 잡고 깔깔댔었다. 초딩 3학년에 빙의된 줄 알았다.

째려보며 빽 소리 지르려는 찰나, 교실 문이 열리면서 비현실적인 얼굴이 등장했다. 자체 발광 화이트에 눈이 부셨다.

"노래야, 잠깐 볼 수 있어?"

송준서의 실물 영접이라니, 적당한 반응 방식이 떠오르지 않았다. 양송이가 잔뜩 목을 움츠리고는 낮은 목소리로 충고했다. 재밌는 놀이에 빠져든 꼬마 같았다.

"그러니까 빨리 나가보라고 했지? 일단 팔짱 풀어! 구긴 얼굴 펴고! 웃어! 우아하게 걸어 나가! 그리고 상냥하게 말해!"

갑자기 머릿속이 휘핑기 돌아가는 믹싱 볼처럼 어지러웠다. 급히 미소를 머금자니 뺨 근육이 씰룩댔다. 겨우 일어나 교탁 앞을 지났는데 팔짱은 그대로라니! 깜짝 놀라서 팔을 풀었다.

"어, 준서야."

"노래야, 잘 있었어?"

"으응, 그래. 웬, 일이야?"

"한 가지 제안하려고 왔어. 노래 너, 시 좋아하지?"

"시? 으응, 좋아…하지."

"너도 시 창작 동아리 가입하지 않을래? 2학기 추가모집 중인데 같이 활동하면 좋겠어. 노래 넌 시도 잘 쓸 것 같아. 그리움을 아는 친구니까."

내게 온전히 맞춘 시선과 진지한 눈빛, 그리고 깊은 눈동자. 송준서의 제안이 벅차게 좋지만, 아빠가 아파서 마음의 여유가 없었다.

얼른 대답을 못 하고 복도바닥에 삼선슬리퍼만 비벼댔다. 정적만 감돌자 준서는 시간을 갖고 생각해 보라며 웃어 주었다. 자상한 배려에 코끝이 찡했다. 사람이 사람을 좋아하는 총량은 보아온 시간 총량과 비례하지 않는 게 신기했다. 처음 얼굴을 보는 순간, 첫 음성을 듣는 순간, 나와 닮은 영혼임을 눈치챌 때가 있는데 송준서가 꼭 그랬다. 국어 샘은 그런 현상을 '직관'이라고 했었다.

"그래. 생각해 볼게."

"그리고 노래야. 인스타그램 팔로우 신청했어. 받아줄 거지?"

"그, 그럼. 당연하지."

심장이 휘핑 크림처럼 부풀어 올랐다. 쿵쿵, 분당 박동수 급상승한 소리가 준서 귀에까지 들릴까 봐 걱정됐다. 초라한 내 인스타그램을 어떤 눈으로 봤을지 궁금했다. 몇몇 성악가의 노래를 링크해두거나 세계 여러 나라의 빵 사진을 올려두었을 뿐이다. 나에게 관심 가진 남학생이 있다는 건 기적에 가까웠다.

"곧 1교시 수업이라서 갈게. 동아리 가입 여부 꼭 알려줘. 내 전번 알지?"

송준서는 즐거운지 손을 높이 흔들며 7반 쪽으로 뛰어갔다. 예전엔 남학생 의식하는 애들을 한심한 눈으로 봤었다. 화장품 사야지, 옷 사 입어야지, 다이어트해야지, 내신 신경 써야지, 인스타그램 관리해야지, 게다가 하품까지 마음대로 못 하는 감방 생활과 다름없어 보였다. 이런 반전이 찾아올 줄은 꿈에도 몰랐다.

고조된 숨을 고르며 돌아서다가… 화들짝 놀랐다. 복도 저쪽에서 날카로운 눈빛이 화살처럼 날아왔다. 역시 김모나였다. 일그러진 표정에다 눈꼬리 고도는 최고치로 상승한 채였다. 오랜만에 느슨해진 뉴런을 자극하고 싶지 않아 못 본 척 교실로 들어왔다.

"뭐야? 뭐야? 짝남 송준서가 드디어 사귀재?"

"너희 둘, 오늘부터 1일인 거야?"

오지랖 넓은 양송이와 김하늬, 공갈빵을 굽듯 반죽을 마구 저어댔다. 동아리 가입 권유하러 왔다고 실토하자 놀란 양송이, 손으로 자기 입을 틀어막았다. 더 놀란 김하늬, 숨을 들이마시더니 호흡을 멈춰 버렸다. 둘의 과장된 행동 속에 눈부시게 빛나는 밝음이 부러웠다.

"왜 하필 이노래 너야? 그거, 호감 있다는 뜻이잖아?"

정말 그랬으면 싶었다. 아빠가 쓰러진 후, 송준서는 존재만으로 따뜻한 위로가 됐다. 문득 코웃음 치며 한 귀로 흘렸던 문장이 떠올랐다. 하나의 문으로 고난이 들어오면 다른 하나의 문으로 위로가 들어온다던 아빠의 말…. 아빠가 쓰러졌어도 밥 먹고 잠자는 내가 싫었는데, 준서에게서 내 존재의 소중함을 느꼈다.

"반 분위기 왜 이래? 수업 시작종 쳤어! 공부 좀 하자고!"

찢어질 듯한 파찰음에 기가 막혔다. 김모나는 신성한 수업을 핑계 삼아 화를 폭발했다. 같은 반으로 엮인 게 내 인생 최대의 참사지만, 못 본 척 두 눈을 감았다.

지금은 새벽 세 시 이십일 분. 장소는 중앙 병원 주차장. 언니 차 모닝 안에 여자 셋이 모여 있다.

「꿈에 아빠 얼굴이 어두웠어. 지금 천국으로 떠나버리면 어떡해?」

악몽을 꾼 엄마가 무조건 병원으로 가겠다고 했다. 언니와 나도 졸린 눈을 비비며 따라왔다. 엄마 심장이 나빠지는 것보다 병원 안에 있는 게 나을 것 같았다. 선천적으로 심장이 약한 엄마는 열 살 연상의 따뜻한 남자, 이은호 씨를 놓인 교회에서 만난 후 조금씩 증세가 호전됐다. 어쩌면 아빠는 딸 셋을 키우며 살아왔다고 할 수 있다. 엄마는 현실의 여자로선 젬병이었다. 위기 앞에선 항상 아이처럼 굴었다. 아빠가 쓰러진 뒤로는 엄마의 심장이 시한폭탄처럼 느껴졌다. 엄마까지 쓰러지면 고아가 될지도 모른다는 두려움이 마음을 흔들어댔다. 엄마를 무조건 이해하고 감싸 줘야 한다.

초가을로 접어든 새벽 공기가 조금씩 차가워지고 있다. 아침이 오려면 아직 멀었다. 세상은 어둠 속에 잠들었는데, 중환자실에 누운 아빠는 깨어 있을지도 모른다. 박제 나비처럼 꼼짝없이 멈춘 아빠의 시간. 평범한 일상이 지독하게 그리운 지금, 우리가 곁에 와 있는 걸 아빠가 알면 좋겠다. 그러니까 안심하고 푹 자면 좋겠다.

토요일이라 낮 12시 면회 시간에 맞춰 엄마를 따라왔다. 우리 아빠, 환한 낮에 보니 핼쑥해졌다. 통통했던 뺨이 평면이 됐다. 코에 연결된 튜브로 겨우 미음만 넘기고 있어서다. 의사 샘 말로는, 공기가 들어가는 기도와 음식물이 들어가는 식도가 '후두개'라는 밸브로 조절되는데, 신경 마비로 제 기능을 못 하게 됐다고 한다. 입으로 넣어준 물과 음식이 기도로 잘못 들어가면 폐에 물이 차고 생명까지 위험해진다는 얘기에 오싹했다. 아침에 일어나자마자 보리차부터 벌컥벌컥 마시던 아빠가 물 한 모금 못 넘기고 있었다.

"눈동자를 왜 자꾸 오른쪽으로 돌려?"

아빠 행동의 이유를 알 수 없어 답답했다. 수어로 통하지 않는 단어가 있을 때는 아빠가 직접 글자를 써서 보여줬는데 이젠 불가능해졌다.

"얘기하고 싶어? 글자판 들까?"

아빠의 시선은 역시 글자판에 머물렀다. 움직일 수 있는 눈꺼풀을 활용해 의사소통할 수밖에 없다며 언니가 그제 사둔 것이다. 커다란 글자판엔 자음과 모음이 순서대로 나열돼 있어서, 아빠 눈앞에 세워 놓고 하나하나 음운을 맞추다 보면 글자가 되고 결국 문장으로 소통될 거라고 했다. 아빠가 눈을 한 번 깜빡이면 부정, 두 번 깜빡이면 긍정이라는 우리끼리의 규칙도 만들었다. 언니는 역시 똑똑했다.

그런데 한 글자 만들기가 장난 아니었다. 열아홉 개 자음을 차례대로 짚어가다가 아빠가 눈을 두 번 깜빡이면 초성에 놓는다. 다음으로 스물한 개 모음을 차례대로 짚어가다가 역시 눈을 두 번 깜빡이면 중성에 놓는다. 그리고 다시 자음을 찾아서 종성에 놓으면 겨우 한 글자가 완성된다. 게다가 자음이 앞글자의 종성인지 뒷글자의 초성인지 헷갈릴 때도 많다. 어제 연습 한 번 해보고 쓰러질 뻔했다. 몇 글자 만들고 나면 봉을 쥔 손, 긴장한 어깨, 아빠 눈꺼풀과 글자판을 번갈아 보는 눈, 좌우로 움직이는 목, 여기저기 근육이 뻐근해진다. 고도의 집중력이 필요한 문장을 몇 개 만들고 나니 식은땀이 날 정도였다.

"자, 내가 손가락으로 기역부터 짚을 테니까 아빠가 원하는 자음에 닿으면 눈을 두 번 깜빡여 줘."

바로 두 번 깜빡이는 아빠. 알겠다는 뜻이었다. 합의됐으니 콜!

"기역?"

정확하게 한 번만 깜빡였다.

"그럼, 니은?"

또 한 번만 깜빡.

"그럼, 디귿?"

"그럼, 리을?"

눈꺼풀은 겨우 '지읒'에 이르러서야 두 번 깜빡했다. 드디어 찾았다. 어쨌든 초성을 찾아서 기뻤다.

"자, 이번엔 모음이야. '아'부터 짚을 테니까 역시 원하는 모음에 두 번 깜빡여 줘."

"아?"

답답한 듯 미간을 찡그리는 아빠.

"그럼, 애?"

힘겹게 한 번 깜빡였다. 아빠도 서서히 지치는 게 보였다.

"야? 얘? 어? 에? 여? 예? 오? 와? 왜? 외?"

헐, '이'에서 두 번 깜빡. 뒤쪽부터 짚을 걸 그랬다.

"그럼 '지'가 되네. 아무 뜻이 없잖아? 설마 종성 없는 글자는 아니지? 지갑, 지도, 지렁이, 뭐 그런 단어 아니지? 받침 있는 글자 맞지?"

아빠는 인내심을 가지고 두 번 깜빡였다.

"자, 그럼 이젠 종성 자음이야."

큰소리쳤지만, 한 글자 맞히기도 전에 슬슬 지겨워졌다. 아빠를 향한 내 사랑이 한 글자 크기도 안 되나 싶어 깜짝 놀랐다. 아빠의 영원한 노래, 막내딸의 초라한 사랑이 들킬까 봐 억지 미소를 머금었다. 인간의 사랑은 생각보다 보잘것없어 보였다. 하지만 이노래답게 다시 제안했다.

"아빠, 안 되겠어. 우리 속도 좀 높여보자. 원하는 글자가 아니면 눈꺼풀을 아예 깜빡이지 마. 그게 효율적이겠어."

"야! 아빠가 냉동인간이야?"

옆에 있던 언니가 즉각 일침을 가하자 뜨끔했다. 막무가내로 몰아붙인 건 미안하지만, 어쨌든 아빠가 원한 끝 자음은 '비읍'이었고 완성된 단어는 '집'이었다.

"집에 가고 싶어?"

눈에 힘을 주고 정확히 두 번 깜빡! 딸의 순발력을 대견하게 바라보는 아빠 앞에서 잔머리 내공이 제대로 증명됐다.

"집에 안 가면 못 견딜 것 같아?"

아니라고 답하길 바랐는데 역시나 두 번 깜빡. 우리 가족은 서로 눈빛을 교환하며 고민에 빠졌다. 아빠는 평소 떼쓰는 사람이 아니었다. 작은고모 말대로 농인이라 다양한 의견 수용이 어렵지만, 남을 배려하지 않으면서 떼쓴 적은 없다. 매일 성실하게 일해야 한다든가, 내가 어려워도 더 어려운 사람을 도와야 한다든가, 불리해도 절대로 거짓말을 하면 안 된다든가, 기타 등등의 고집불통도 남을 배려하는 행동이었다.

"집에 가면 상태가 더 나빠져. 그래도 가고 싶어?"

헉! 또 두 번 깜빡.

"집으로 돌아가면 어떻게 치료받아?"

급기야 눈물을 줄줄 흘리며 우는 행동은 전과 다른 모습이었다. 얼른 화제를 바꾸기로 했다.

"집에 가면 뭘 하고 싶은데?"

글자판을 다시 들었지만, 계속 울어서 소통이 어려웠다. 기역, 니은, 디귿, 리을, 미음… 내 눈에도 스멀스멀 수상한 안개가 피어서 눈꺼풀을 3배속으로 깜빡였다. 마음은 급한데 원하는 자음이 나오지 않았다.

"히읗?"

두 번 깜빡. 헐, 뒤에서부터 짚을 걸 그랬다. 결국, 모음은 뒤에서부터 시작하기로 했다.

"자, 이젠 모음이야. 이? 의? 으? 유? 위? 웨? 워? 우?"

아빠가 원한 건 첫 자음 '아'였다. 아빠와 나 사이의 불통을 처음 깨달았다. 수어가 선수급이라 잘 통하는 딸이라고 자부했는데 아빠 맘을 모르고 있었던 거다. 누군가를 잘 안다고 함부로 말하면 안 될 것 같았다. 만나온 시간 총량만이 정답은 아니었다. 아빠 내면의 소리를 듣지 못하는 나야말로 청각 장애인처럼 느껴졌다.

"그럼, 하?"

두 번 깜빡.

"아! 알았다. 아빠가 좋아하는 하나님?"

이번엔 한 번 깜빡. 자신 있게 대답했는데 아니라니, 삔쭘했다. 그렇다면 종성 있는 글자가 분명했다.

"이제 끝소리 짚을게. 기역? 니은? 디귿? 리을? 미음?"

'미음'에서 반응했다. 하 플러스 미음이면 함. '함'이라면… 함, 함, 함.

"아! 알겠다! 우리랑 함께 있고 싶다고?"

내 촉은 완벽했다. 글썽해진 눈으로 두 번 깜빡이는 아빠. 집으로 돌아가길 진심으로 원하고 있었다. 치료를 못 받아도 좋으니 집에서 가족과 함께 있고 싶었던 거다.

사실 모르는 척했을 뿐 우린 알고 있었다. 아빠 옆에는 죽어가는 중환자들뿐이다. 어제까지 옆 침대에 있던 할아버지가 새벽에 장례식장으로 옮겨졌다고 했다. 중환자들 사이에 홀로 있는 아빠 마음이 어떨지 상상이 안 됐다. 호흡기와 코 튜브, 링거 바늘과 심전도기를 몸에 붙이고 꼼짝없이 누워있어야 한다면 소망은 '집에 가는 것'일 테다. 17평 임대아파트가 한 인간의 마지막 소망이라니 너무 초라해 보였다. 눈에 수상한 안개가 피려는 순간, 심장에 잔뜩 힘을 줬다.

"엄마랑 언니, 나 셋 다 항상 곁에 있어. 그제 새벽에도 병원 주차장에 있었어. 그러니까 외로워하지 마."

17평 천국을 갈망하며 엉엉 우는 아빠를 가만가만 다독였다.

이상한 광경이다. 밤하늘에 떠 있는 꿀빵들이 슈퍼 문보다 훨씬 크다. 달빛을 받아 빵 표면 꿀 입자가 반짝반짝 빛난다. 빵들 사이에는 한 남자가 환하게 웃고 있다. 방금 세수한 얼굴과 반듯한 2 대 8 가르마, 레트로 영화의 주인공 이은호 씨다. 미소로 보아 밤하늘 꿀빵을 아빠가 다 구운 게 틀림없다. 한 입 베어 물면 외피를 뚫고 터져 나올 팥앙금 맛이란, 캬! 입안 가득 군침이 고인다. 빵을 잡으려고 손을 뻗었는데 160센티 내 키로는 어림없다. 발돋움하는 사이 꿀빵들이 하나둘 타원 궤도를 타고 점점 멀어져간다. 손도 잡아주지 않고 웃기만 하는 아빠를 불렀다.

"와! 하하하!"

폭죽처럼 터지는 웃음소리. 놀라서 몸을 일으켰는데, 눈앞이 몽롱했다. 여긴 어디? 나는 누구? 얼른 상황 반응 공식이 떠오르지 않았다. 슈퍼 문 빵과 아빠는 어디로 간 건지….

"이노래, 꿈에서 아빠 만났니?"

익숙한 얼굴이 전면에 포착된 순간, 수업 시간에 또 졸아버린 걸 깨달았다. 눈을 휩뜨며 버텼지만, 5교시 식곤증은 방탄소년단 '정국'이 온다 해도 막을 수 없었다.

"요즘 왜 이렇게 졸아? 무슨 일 있어? 혹시 밤새 게임 해?"

송내중 레전드 수학 샘의 잔소리 폭격이 시작됐다. 멋진 남자랑 연애는 안 하고 애꿎은 우리만 닦달하신다. 깨어 있어도 수포자들은 수학 시간에 캐리커처만 그려대기 일쑤다. 요즘 배우는 무리수 단원이 수포자가 이해하기에는 무리수란 걸 호소하고 싶었다.

"노래야, 중간고사가 이 주 뒤로 다가왔어. 수학 성적 어쩔 거야?"

내 성적이니 안고 가겠다고 받아치려 했지만 참았다. 예의 없는 대답은 금물이니까. 언젠가 아빠가 그랬다. 사랑이 담긴 말은 표현이 조금 꼬여도 상처를 주지 않는다고. 그 말이 맞는다면, 수학 샘은 사랑이 담긴 말을 하는 셈이었다.

"빵탱이 자는 모습 촬영해서 땡땡에게 보여줄 걸 그랬네! 아까운 기회를 놓쳤어."

상관없는 일에 끼어든 목소리는 하이에나의 것이었다. 일이 커지는 게 귀찮아서 수학 샘에게 괜한 말을 날렸다.

"네, 선생님. 담엔 꼭 수학 내용 꿈꿔 볼게요. 방금은 과학 내용 꿈꿨거든요."

"와! 하하하!"

뻘쭘해서 개그로 물타기 하자 아이들은 폭소했지만, 김모나는 냉소를 머금었다. 거짓말은 아니었다. 꿈이 과학 교과서 〈제10과 지구와 달〉 내용과 비슷했다. 지구에서 볼 때 하늘에 뜬 달의 크기는 주기적으로 달라진다. 이유는 달이 지구 주위를 타원 궤도로 돌기 때문이란 것. 또 달이 지구 주변을 도는 거리 주기와 보름달 주기가 불규칙해서 매년 다른 월에 슈퍼 문 현상이 일어난다는 것. 그건 기본이다. 하늘 보기를 좋아하는 아빠 덕분에 어릴 때부터 달의 변화를 자주 지켜봤다.

"역시 관종은 못 말려. 그저 관심 끌고 싶어서."

대놓고 혀 차는 소리가 연타로 들려왔다. 하이에나일 테니 돌아볼 필요는 없었다. 기분이 나쁜 걸 보면 사랑이 담기지 않은 말이 확실했다. 김모나와는 최대한 먼 궤도에서 원형으로만 돌고 싶었다. 타원형 궤도로 돌았다간 가까이 다가오는 날 머릿속이 휘핑 되고 말 테니까. 김모나 따위에게 슈퍼 문이 되지 않으려면 거리 두기 항상성을 지켜내야 한다.

"뭐? 왜?"

수업 시간이라 입 모양과 눈빛으로 받아쳤다. 잠꼬대하던 제자가 다른 아이와 시비까지 붙는 건 과한 그림이었다. 눈치 없이 바통을 넘겨받은 수학 샘의 시간차 공격이 이어졌다.

"그래, 노래야. 함수도 좋고 지금 배우는 무리수도 좋아. 꿈속에서도 과목 구분은 분명히 하자."

사실 어젯밤에도 제대로 못 잤다. 병원 주차장 언니 차 안에서 자다 깨기를 반복했다. 알고 보니 중력의 법칙에서 벗어나는 방법은 의외로 간단했다. 며칠 잠을 자지 않으면 달에 착륙한 듯 몽롱해진다. 붕 떠서 걸어 다니는 느낌을 체험할 수 있다. 한 번도 밤새워 공부해본 적 없는 내가 아빠 때문에 중력의 법칙을 이해하는 중이다. 그렇다면, 이 진리는 물리? 아니면 지구 과학? 그것도 아니면 지독하게 어려운 함수?

"크크, 노래 얘, 침까지 흘렸어. 봐봐."

뒤돌아보며 키득대던 양송이가 슬쩍 휴지를 내밀었다. 난감한 상황을 막아 주지 않은 괘씸죄에 깨워 주지 않은 직무 유기죄까지 추가해 종신형을 선고하고 싶었다.

"어휴, 너희들을 믿은 내가 바보지."

둘을 향해 주먹을 흔들었다. 투덜대거나 빽 소리 지를 때, 멀리서 손 주먹을 날릴 때 그나마 가까운 사이가 된 듯한 기분은 나만의 것일까.

부천 청소년 시립 합창단 입단 오디션이 내일 오후 3시로 다가왔다. 6월에 원서는 넣었지만, 아빠가 쓰러진 날 불참하기로 마음먹었다. 송준서가 권유한 창작 동아리에도 가입하지 못했는데 합창단 입단은 상상 불가였다.

그런데 저녁 면회 때 아빠 눈빛이 심상치 않았다. 간절한 빛을 발사하며 글자판 쪽으로 눈을 돌릴 때 할 말을 눈치챘다. 위험을 감수하고 선수 치기로 했다.

"혹시 오디션 때문에 그래?"

아빠는 크게 뜬 눈으로, 정확히, 두 번 깜빡였다. 너무 진지해서 부담 백배였다. 전신 마비가 된 와중에도 오디션 날짜를 기억하고 있었다니 놀라웠다.

꿀빵 단골손님 중에 부천 시립 합창단 소프라노 수석인 마용희 샘이 있다. 막내딸이 노래 잘한다는 자랑을 그대로 믿고 빵 트럭에 들러 추가 모집 지원서를 전해주셨다. 지원서를 손에 넣었을 뿐인데 그날 아빠는 합격이라도 한 것처럼 들떠서 재촉했다.

「노래야, 이번 오디션 꼭 참가하자. 아빠 소원이야.」

"난 싫어."

합창단 입단 따위에 소원까지 걸다니, 아빠의 좁은 세계가 답답해 보였다. 소원의 대상이 나인 것도 갑갑했다. 차라리, 그깟 오디션 한 번쯤 보고 와, 라고 시답잖게 말했다면 도전해 보고 싶었을지도 모른다. 무대 공포증을 핑계하며 뒤로 한 발 뺐다.

"무대 위에 서면 바이브레이션 작렬 현상이 생겨서 안 돼."

「자신감을 가져. 넌 잘할 수 있어.」

"그래도 난 싫어."

사실은 활동비도 걱정됐다. 아빠가 꿀빵 구워서 개당 천 원에 팔면 남는 돈은 오백 원 정도다. 밀가루와 달걀, 벌꿀과 흑설탕, 팥 등의 재료비와 화덕 연료비도 만만치 않다. 언니 말로는 365일 쉬는 날 없이 하루 이백 개 이상은 팔아야 겨우 먹고만 살 수 있다고 했다.

「아빠가 세상에서 가장 부러운 게 뭔지 알아?」

"뭔데? 설마 노래 부르기는 아니지?"

「맞아. 건청인들 노래하는 모습 보면 부러워. 노래할 때 표정이 정말 아름답거든. 노래 부를 수 있는 건 놀라운 축복 같아. 도, 레, 미, 파, 솔, 라, 시, 도, 그 '음정'이란 게 신기해. 나도 노래 부를 수 있다면 좋겠다.」

아빠가 연민 카드를 내밀면 뒷걸음질이 막히고 만다. 언제나 그랬던 것처럼 한 걸음 다시 앞으로 나서며 위로 카드를 내밀 차례였다.

"대신 아빠는 손으로 노래 부르잖아. 노래는 손으로도 부를 수 있어."

위로 카드가 먹히지 않는지 아빠는 쓸쓸하게 웃었다. 그 순간 문득, 지난겨울에 직접 목격했던 농인들의 노래 광경이 떠올랐다. 언니 심부름으로 아빠 엄마가 다니는 '에바다 농인 교회'에 들렀을 때였다.

"히힝 타 힝 쥬 사 모 항"

기이한 소리에 깜짝 놀랐다. 농인 넷이 강단에 서서 마이크를 잡고 열심히 외쳐대고 있었다. 건청인 교회의 찬양 팀과 비슷해 보였다. 그런데 이상한 건 겨울인데도 그들의 얼굴이 땀으로 흠뻑 젖은 거였다. 처음엔 과한 난방 때문인 줄 알았는데 실내 공기는 쾌적했다. 자세히 보니 그들은 구화*로 노래하는 중이었다. 키보드 반주 소리가 귀에 들릴 리 없었다. 도대체 어떻게 노래하는 건지 궁금해서 언니 심부름 따윈 까맣게 잊어버렸다. 관찰해보니 그들만의 신호와 규칙이 따로 있었다. 영상에 뜬 노래 가사 밑에는 검은 점들이 차례로 나타났다가 사라졌다. 네 박자 노래라면, 점 네 개가 나타났다가 하나씩 사라지는 방식이었다. 네 사람이 동시에 같은 영상을 보면서도 박자와 음정은 제각각이었다. 희한한 발음들이 뒤섞여 노래는 엉망이 됐다. 입 모양으로 가사를 발음하려 애썼지만, 헛헛한 쇳소리만 났다. 음을 들어본 적 없어서 똑같은 음을 낼 수 없는 건 당연했다. 음정이란, 농인들에게 영원히 열 수 없는 비밀 캡슐 같아 보였다.

"히힝 타 힝 쥬 사 모 항"

'힘 다해 주 사모합니다'라는 가사는 휘핑기가 돌아가는 믹싱 볼이 됐다. 박자에 맞춰 정확히 발음하려다 보니 땀으로 젖은 거였

---

* 상대의 말을 그 입술의 움직임과 표정을 보고 이해하거나(독화), 청각을 통하여 습득한 음성언어로 말하는(발화) 의사소통 방법.

다. '귀가 열린다'는 뜻의 교회 이름 '에바다'는 이루어질 수 없는 소망이었다.

엉뚱하게도 그때, 준서의 시 「공명」이 떠오른 이유를 아직도 모르겠다. 국어 샘 설명으로는 연상이란 마음의 공감이라고 했는데, 시를 그대로 옮겨 놓은 광경처럼 보였다. 음정도 박자도 가사도 엉망인 쇳소리들이 우주로 올라가 아름답게 공명 되고 있을 거란 상상에 빠졌다. 혹시 신이 있다면 그 노래가 우주를 넘어 그의 귀에까지 닿을 것 같았다.

「노래가 나를 대신해서 아름다운 노래 많이 불러주면 좋겠어.」

"아냐. 아빠도 아름다운 노래 부를 수 있어. 우주에서는 아빠 노래가 더 아름다울 거야. 내가 장담해."

'선천성 안습 과다증'인 아빠 눈엔 그날도 짙은 안개가 서렸지만, 입은 미소를 머금고 있었다. 위로 카드가 통해서 그나마 다행이었다.

「노래가 노래할 때 아빠는 가장 행복해. 노래 잘하는 아이로 태어나줘서 고마워.」

아빠가 감동 카드를 내밀면 원플러스 감동 카드로 응답해야 한다. 그건 대화법을 터득한 후부터 내가 지켜온 철칙이다.

"내가 노래는 좀 하지. 우리 학교에서 다섯 손가락 안에 드니까. 그러고 보니 노래 좀 하는 애들이 모두 꿀빵 덕후들이네. 나, 양송이, 김하늬 다 꿀빵 먹어서 노래 잘하는 거야."

아빠의 미소가 환한 웃음으로 번졌다. 아빠에게 기쁨이 되는 세 개의 키워드는 미래, 노래, 꿀빵인 거 알고 비밀 카드를 내밀었던 거다.

「신께서 아빠 몫까지 노래에게 좋은 음성을 주셨나 보다.」

"그래? 내가 노래하면 아빠가 행복한 거야?"

「당연하지. 그러니까 합창단 오디션에 참가하자.」

그날 아빠는 흥분해서 수어가 자꾸 커졌었다. 활동비와 단복을 부천시에서 제공한다는 설득에 오디션 참가를 약속하고 말았다.

그런데… 호흡기를 쓴 상태에서도 설득하다니, 아빠의 고집에 말문이 막혔다. 미간을 찡그린 채로 고개만 끄덕여주었다. 아빠와 수어로만 대화하다 보면 정서적인 교감은 잘 됐지만, 논리적인 토론은 아쉬울 때가 많았다. 아빠를 향한 어쩔 수 없는 연민까지 작동하면 비논리가 논리를 덮어버리곤 했다.

흡족한 눈빛으로 변한 아빠는 다시 글자판으로 눈을 돌렸다. 또 무슨 할 말이 남았느냐는 질문에 두 번 깜빡! 피곤했지만 티를 낼 수 없었다. 짐짓 활기차게 질문했다.

"자, 초성 자음부터야. 기역, 니은, 디귿, 리을, 미음, 비읍, 시옷, 이응, 지읒, 치읓, 키읔, 티읕, 피읖, 히읗. 설마 쌍기역?"

쌍기역에 이르러서야 아빠 눈이 반짝였다. 무슨 말을 하려는지 점점 궁금해졌다. 빛의 속도로 검색해 봐도 답은 나오지 않았다.

"자, 모음이야. 아, 애, 야, 얘, 어, 에, 여, 예, 오, 와, 왜, 외, 우."

그나마 중간쯤에 나와서 다행, '꾸'였다. 답은 이미 나왔다. 꿀빵! 나를 기특하게 바라보며 아빠는 끈기 있게 문장을 만들었다. 아픈 눈꺼풀과 시린 각막, 근육통을 견딘 긴 문장은 면회 시간이 끝날 무렵에야 완성됐다.

그런데 일상대화가 아니었다. 처음엔 유언인가 싶어 잔뜩 긴장했다가 웃음을 터뜨리고 말았다. 전문은 이랬다.

「보물찾기 놀이할래? 울릉도 가기 전에 꿀빵 레시피 쪽지 다섯 개를 번호대로 숨겨뒀어. 힘든 일 생길 때마다 순서대로 찾아서 읽어. 5번 쪽지엔 선물 쿠폰도 있어. 내용이 이해되지 않으면 다섯 고개를 해봐도 좋아. 노래는 똑똑하니까 답을 찾을 거야. 1번 쪽지는 안방 문갑 안 할머니 유품 상자 속에 들어있어.」

"또 보물찾기 놀이야? 아빠는 진짜로 못 말려!"

아빠는 육십 살에 어울리지 않는 개구쟁이다. 생일 선물을 줄 때도 다섯 개의 쪽지를 만들어 숨겨두고는 차례로 찾게 할 때가 많았다. 일명 '보물찾기 놀이'. 쪽지를 순서대로 찾아 집 여기저기를 뒤지다 보면 결국 선물이 나오곤 했다. 사춘기가 되면서 시들해졌지만, 대부분은 유치한 힌트에 빵 터져서 웃곤 했다. 그런 일로 아빠를 만족시켜 주는 건 비교적 쉬운 일에 속했다.

"이번엔 꿀빵 레시피라고? 아빠 대신 꿀빵 구우라는 건 아니지?"

아빠는 쓸쓸히 웃었다. 생각해 보면 아빠와의 마지막 보물찾기 놀이였다. 나머지 네 개의 레시피 쪽지는 어디에 있는지 끝내 말해 주지 않았다. 다섯 고개라니, 꿀빵 굽기가 그렇게 어려운 거냐는 질문에도 반응이 없었다. 깜빡거림도 잊고 눈에 그렁그렁 수분을 담은 채 나를 바라볼 뿐이었다.

오디션 코앞에서 무대 공포증이 꿈틀대기 시작했다. 공갈빵처럼 커진 심장박동이 몸 전체로 번졌다. 청소년 시립 합창단 결원 한 명 선발에 모여든 아이들이 서른 명은 넘어 보였다.

"후- 후-"

화장실 거울 앞에서 심호흡할 때야 복장이 엉망인 걸 알았다. 박스형 검은 티셔츠에 무릎 나온 청바지라니, 차라리 단정한 교복을 입고 올 걸 그랬다.

쾅!

귀를 찢을 듯한 파찰음에 깜짝 놀랐다. 맨 안쪽 화장실 문이 거칠게 열리면서 누군가 툭, 튀어나왔다. 거울 속에 비친 건 낯익은 몽타주였다. 영혼까지 끌어올린 똥 머리에 눈꼬리 5도 상승한 안면이 포착되자 불길한 예감이 엄습했다. 내 고향 부천은 생각보다 좁은 도시였다.

"빵탱이 네가 여긴 어쩐 일이야?"

찌푸린 미간과 비꼬는 말투에 화가 치밀었지만, 상황 대응 방식은 차분하게 떠올랐다.

"그렇게 말하는 모퉁이 넌 여기 어쩐 일이야?"

어이없다는 듯 김모나의 입술이 단번에 일그러졌다.

"기막혀! 난 성악 하니까 당연히 청소년 시립 합창단 입단 오디션 보러 왔지!"

"어머, 오디션을 보러 왔다고? 와, 모퉁이가 노래 잘하는 줄 미처 몰랐네. 아마 아무도 모를 거야. 그렇지?"

함무라비 법률을 적용하며 따박따박 받아쳤다. 반성을 모르는 인간에게 적용할 수 있는 건 받은 대로 되갚아 주기뿐. 대인 관계 지능 낮은 언행에는 같은 수준의 언행이 정답이었다.

"지금 뭐라고 나불대?"

"나도 여기 오디션 보러 왔는데. 뭐, 불만 있어?"

"빵탱이 네가 오디션을 본다고? 와, 아무나 오디션을 보러 다니네. 합격하면 뭐, 집에서 밀어줄 능력은 돼?"

가난한 집이라는 조롱에 심장이 휘핑 되는 줄 알았다. 똥 머리를 한 방에 날려 버리고 싶단 생각밖에 들지 않았다. 그깟 오디션쯤 못 봐도 어쩔 수 없었다. 똥 머리 묶음을 확 낚아채려는 찰나, 눈앞에 불쑥 인공호흡기를 쓴 아빠가 나타났다.

「남 힘들게 하는 사람은 자기 마음이 힘들어서 그래. 마음속이 전쟁터니까 막말을 쏟아내는 거야. 불쌍하게 여기렴.」

한 귀로 듣고 한 귀로 흘려버린 아빠의 말까지 떠올랐다. 쓸모없는 복고풍의 말들이 소환되는 현상은 아빠가 쓰러진 후부터 시작됐다. 과한 연민이 낳은 부작용일 터였다. 입을 앙다물었다. 지금 상황에서 부모님이 학교 폭력 대책 위원회 개최 통지서를 받게 할 수는 없었다.

"야, 모퉁이. 막말 쏟아내는 걸 보니 네 마음속이 전쟁터인가 봐."

"하, 진짜. 이노래 너 미친 거 아냐?"

분한지 차려입은 하늘색 미니스커트 자락이 바들바들 떨렸다. 격 떨어진 인간에게 입혀진 비싼 옷이 안쓰러울 지경이었다.

"김모나, 어디 한번 지켜볼게. 실력이 결과를 말해주겠지."

책임 못 질 일침을 꽂고 화장실을 탈출했다. 더 버티다간 사고 칠 것 같았다. 로비로 나와서 핸드폰을 매너모드로 바꿀 때 손가락 끝이 바들바들 떨렸다. 코끝에 매달린 화를 삭이며 엄마가 보낸 메시지를 열었다.

'응원해, 우리 딸.'

왈칵, 또 정체불명의 뜨거운 게 목으로 넘어와서 얼른 삼켰다. 씩씩하게 답 문자를 보냈다.

'걱정은 노노. 잘하고 갈게.'

큰소리쳤지만 심사 위원이 무려 다섯 명이었다. 더 놀라운 건 무대와 마주 보는 방향으로 심사석이 배치됐다는 것. 참가자들은 무대 한쪽에 마련된 대기석에 옹기종기 모여 앉았다. 무대 위에 서면 상하좌우에서 조명이 쏟아져 영혼까지 탈탈 털리는 구조였다. 참가자가 서른다섯 명이라는 걸 알고부터 시작된 후회가 무대를 보자 극에 달했다. 오디션 직전에 무작위로 뽑은 내 순서는 스물다섯 번째. 긴장 타면서 기다리는 중이다.

"♬ 사랑의 기쁨은 어느덧 사라지고, 사랑의 슬픔만 영원히 남았네. 모든 걸 버렸었지. 믿지 못할 실비아를 위해. ♬"

눈앞에서 노래하는 여학생은 스물두 번째 참가자 부천여고 언니. 베이지색 점퍼스커트에 하얀 블라우스를 받쳐 입었다. 마르티니 작곡 〈사랑의 기쁨〉이 고상한 얼굴과 찰떡처럼 어울렸다. 반주자와 여러 번 맞춰 본 듯 두 사람 호흡도 딱딱 맞았다. 농인들이 보면 부러워할 모습이었다.

"다음은 스물세 번째 참가 학생입니다. 송내 중학교 3학년 김모나 학생 무대로 나와 주세요."

반주자와 함께 얌전하게 걸어 나온 나의 천적! 배 위에 두 손을 겹쳐놓고 미소로 인사했다. 심사 위원들을 향해 보내는 순진무구한 눈빛은 포커페이스 끝판왕다웠다. 조금 전 화장실에서 목격한 모습이 오히려 상상 같았다. 하늘색 미니스커트로 완성한 청순 콘셉트는 아카데미 여우주연상에 맞먹었다. 여우 울음소리가 나한테만 들리는 환청이 아니길 바랐지만, 다들 이미 매혹당한 상태였다.

능숙한 피아노 반주가 공연장에 부드럽게 퍼졌다. 아르페지오 연주는 맑은 강이 흐르듯 섬세했다. 곡명은 영화 '사운드 오브 뮤직'의 〈에델바이스〉.

"♬ 에델바이스, 에델바이스, 아침 이슬에 젖어, 귀여운 미소는 나를 반기어 주네. ♬"

놀라웠다. 깨끗한 천상의 음성이 김모나의 것이라니 믿을 수 없었다. 레슨 받는다고 대놓고 자랑하더니 일취월장! 잘 다듬어진 음정에 자신감이 배어났다. 안정된 호흡과 은은한 미소는 뮤지컬 여주 같았다. 인격과 노래가 따로임을 아는 건 나뿐, 심사 위원들은 거짓 영혼에 심취해버렸다.

여름 방학 내내 소파에 드러누워 막 불러댄 흑역사에 눈앞이 캄캄해졌다. 양송이에게 반주라도 부탁해 볼 걸 그랬다. 친구들에게 비밀로 했던 일이 대참사로 돌아왔다. 역시 오지 말았어야 했다. 아빠 때문에 판단력이 흐려진 거다.

"♬ 눈처럼 빛나는 순결은 우리들의 자랑, 에델바이스, 에델바이스, 마음속의 꽃이여. ♬"

절정에 이른 노래를 받쳐주는 반주가 잔잔한 파문을 일으켰다. 의외의 현실에 가슴이 답답했다.

스물네 번째 참가자 소개와 노래는 귀에 들어오지 않았다. 바로 다음 순서였다. 입속이 바싹 말라서 물 마시고 싶은 생각뿐이었다. 나 지금 떨고 있냐고 묻고 싶었지만, 옆엔 아는 사람 하나 없었다.

"스물다섯 번째 참가자는 송내 중학교 3학년 이노래 학생입니다. 곡목은 조성은 작곡의 〈별〉입니다. 무대로 나와 주세요."

걸어 나가면서, 깨고 나서 안심하는 개꿈이길 바랐다. 조명 때문에 눈이 부셔서 앞이 잘 보이지 않았다. 심사 위원들 표정도 어둠에 가려져 있었다. 한 가지 치명적인 사실만 뇌리를 맴돌았다. 내가 준비되지 않았다는 것! 뻔히 알면서도 막지 못한 불행이라는 걸 깨달았다. 아빠의 뇌경색처럼….

개인 반주자가 없어서 문화 예술 회관 직원이 피아노 앞에 앉았다. 숨을 내쉰 후 천천히 호흡을 가다듬는데… 헉! 반 박자 빠르게 반주가 시작되고 말았다.

"♬ …람이 서늘도 하여 뜰 앞에 나섰더니 ♬"

첫 음이 반으로 줄었다. 연습한 대로라면 더 천천히 시작해야 한다. 허둥지둥 반주를 따라가는데 피아노는 어느새 다음 소절로 넘어가고 있었다. 이불킥 예감은 실화가 됐다. 얼굴은 볼 빨간 사춘기처럼 달아오르고 등은 식은땀으로 젖었다.

"♬ 잠자코 홀로 서서 별을 헤어 보노라. ♬"

노래는 후딱 끝났다. 인사도 하는 둥 마는 둥 대기석으로 들어오는데, 상승한 김모나의 입꼬리가 뻐를 때렸다. 몹쓸 환청이 뒤따라왔다.

'이제 알겠니? 그래, 여긴 아무나 오는 곳이 아니야. 자기 처지에 맞는 곳이 따로 있는 법이지.'

오디션이 끝나자마자 로비로 나왔더니 응원하러 온 부모님들로 북적였다. 딸을 안아주며 격려하느라 바빴다. 다들 들떠서 좋은 결과를 기대하는 눈치였다. 로비 한쪽에서 반주자와 서 있는 김모나도 보였다. 자신감으로 충만한 얼굴을 보는데 정체불명의 뜨거운 덩어리가 목으로 올라왔다. 힘주어 삼켰다. 역시 개교 50주년 기념 음악제 출전을 포기하길 잘했다는 확신이 들었다. 서둘러 문화 예술 회관을 벗어나기로 했다. 발을 빠르게 옮겼다.

"잠깐만요, 학생!"

회전문을 빠져나오려는데 누군가 뒤에서 급하게 불렀다. 아는 사람이 없을 텐데 환청인 줄 알았다. 돌아보니 모르는 여자분이었다.

"학생 노래, 인상 깊었어요. 오늘 참가자 중에 목소리가 제일 예뻤어요. 어쩜 그렇게 편안하게 고음을 자아내는지. 그런데 발성 연습이 전혀 안 되어 있던데, 개인 레슨 따로 받은 적 없죠?"

"네."

레슨 선생님 소개해주려는 거라면 노 땡큐. 우리 아빠는 돈이 없다.

"발성 연습만 됐다면 최고였을 텐데 아쉽네요. 이번에 합격 못 하더라도 꾸준히 연습하면 훌륭한 성악가가 될 거예요. 열심히 해요."

"감사합니다."

꾸벅, 인사하고 밖으로 나왔다. 서향 회전문을 나서자마자 뜨거운 석양이 왈칵 얼굴을 덮었다. 세상이 온통 주홍빛으로 물들어 있었다. 한껏 달아오른 얼굴을 감출 수 있어 다행이었다. 어디엔가 숨고 싶었다.

인공호흡기를 떼고 집으로 돌아온 아빠는 편안해 보였다. 마비 상태는 그대로지만 17평 천국에 도착한 이후 한결 표정이 밝아졌다. 언니가 샴푸도 해주고 이발과 면도까지 마치고 나니 우리 은호 씨, 본래 얼굴을 조금 회복했다.

"솔직하게 말하자면… 이젠 이은호 씨에게 해줄 게 없습니다."

그제 의사 샘은 이별을 통보하는 연인처럼 말했다. 얼굴에 안타까움을 가득 담은 채였다. 잔뜩 긴장한 우리 가족은 의사 샘의 미세한 표정까지 주시했다.

"앞으로 의학적 처치는 고작해야 소화나 해열 정도밖에 안 됩니다."

호흡을 관장하는 소뇌 혈관이 많이 막혀 소생 가능성은 희박하다고 했다. 하지만 환자의 초인적인 의지가 있다면 어떻게 변할지는 아무도 모른다며 여지를 남겼다.

"생명이 자연스럽게 소멸할지 기적적으로 회복될지는 신만이 알겠죠?"

의사 샘은 드라마 대사 같은 말을 남기고는 극적으로 시선을 떨궜다. 엄마를 위해 수어로 통역하던 언니가 적막을 가르고 반문했다.

"선생님. 만약에, 정말 만약에, 아빠가 기적적으로 회복된다면 첫 신호는 뭘까요?"

"따님도 현직 간호사니까 잘 알잖아요. 손가락이나 발가락을 먼저 움직이게 될 겁니다."

언니도 알면서 물었을 터였다. 요즘은 '만약'이나 '기적' 같은 단어가 얼마나 고통스러우면서 아름다운 단어인지 실감하는 중이다. 우리 가족은 그리니치 천문대 경도선에 양발을 딛고 선 사람들 같다. 희망 쪽이든 절망 쪽이든 어느 쪽으로도 무게 중심을 둘 수 없다. 아슬아슬한 희망과 절망 사이에서 무게 중심을 지키는 일이 최선이다. 무게 중심을 잃는 순간 절망 쪽으로든 헛된 희망 쪽으로든 넘어지고 말 테니까. 손가락이나 발가락을 움직일 확률은 불가능에 가깝다는 걸 알면서도 기적을 갈망하게 된다. 하필 그때 나와 김모나 사이에 양발을 걸친 양송이가 떠오른 건 왜였을까.

"선생님, 아빠가 간절히 집에 가고 싶어 하세요. 의학적 처치가 소용없다면 집으로 모셔가서 가족이 직접 간호해도 될까요?"

엄마의 사전동의도 없이 던진 언니의 질문은 무모했다. 돕는다고 해도 언니는 출근하고 나는 등교해야 하는데, 심장 약한 엄마에게 간병을 떠맡기는 건 무리였다. 고아가 되는 건 상상만으로도 끔찍했다.

"병원에 있으면 패혈증 위험도 있으니 여건만 된다면 가족과 시간을 보내는 게 가장 좋겠지요."

마침내 이별을 통보한 의사 샘은 언제든 필요할 때 처방전을 써주겠다는 약속까지 했다. 옛 연인을 향한 마지막 배려 같았다.

독한 언니는 한치의 동요도 없이 즉각 퇴원 준비에 착수했다. 환자용 침대와 석션 카테터, 인공호흡기, 코 튜브, 링거, 영양제 등을 빛의 속도로 구매했다. 거실에 침대를 놓고, 가습기와 공기청정기를 가동하고, 조명과 온도를 조절해 완벽한 간호 환경을 완성해냈다.

방금 시트를 갈아 끼운 언니가 이제 막 석션 카테터를 손에 들었다. 아빠 목에 걸린 가래를 빼주려는 거다. 아무리 꼼꼼하게 빼도 다시 기관지에 가래가 차서 주기적으로 빼 줘야 한다. 언제나 밀랍 인형처럼 차분한 언니는 당황하거나 서두르는 법이 없다. 나보다 열 살 많으니까 내가 세상을 인식하기 시작할 때 언니는 이미 중학생이었다. 정물처럼 단정하고 냉정하고 똑 부러졌다. 주변 사람들이 같은 자궁에서 나온 걸 의심할 만큼 공부도 잘했다. 아빠의 미래다웠다.

"애어른이 따로 없네."

어른들은 하나같이 기특하다며 언니를 칭찬했다. 장애인 부모 사이에서 태어난 맏딸이 어쩜 저렇게 야무지냐며 입을 모았다. 하지만 자신을 칭찬할 때도 언니는 웃지 않았다. 꼭 전쟁을 준비하는 군인 같았다.

그런 언니가 딱 한 번 아빠 엄마 말에 반항한 적이 있었다. 고3 때였는데, 그림을 그리고 싶으니 미대에 진학하겠다고 했다. 평소와 다르게 똥고집을 부렸다. 언니는 어려서부터 그림 솜씨가 뛰어났다. 노래 빼고는 모든 재능이 언니에게 몰빵 된 건 누구나 인정하는 사실이다.

"지금까지 아빠 엄마 말이라면 무조건 따랐어. 그런데 이번만은 내 뜻대로 할게. 나한텐 소중한 꿈이니까. 아르바이트해서 학비는 스스로 해결할 거야."

「그렇게 해. 아빠도 열심히 일해서 도와줄게.」

무모한 아빠의 동의에 엄마의 눈이 두 배로 커졌다. 왼손바닥을 위로 펴고 오른손으로 내리치는 손 말을 여러 번 반복했다. 절대 안 된다는 뜻이었다. 빵 구워서 어떻게 미술대학 보내느냐며 못 지킬 약속은 하지 말라고 눈을 부릅떴다. 엄마가 그렇게 단호한 눈빛을 쏘는 건 처음 봤다.

사실은 아빠도 어릴 적 꿈이 화가였다고 들었다. 언니와 내가 신생아였을 때 그린 연필 소묘가 있는데 그림을 배운 적 없는 사람치고는 놀라운 솜씨였다.

「갓 태어난 미래와 노래가 예뻐서 그려본 것뿐이야.」

아빠는 가족들의 칭찬에 머쓱한 듯 머리를 긁적였었다. 농학교를 졸업하자마자 주물 공장에 취직해 돈을 벌어야 했던 아빠에게 그림은 닿을 수 없는 사치였다고 한다. 자신처럼 맏딸도 꿈을 이루지 못할까 봐 마음이 아팠던 것 같다.

제대로 된 레슨을 받은 적도 없는데 언니는 덜컥 미대에 합격했다. 아빠는 기뻐서 웃다가 이내 심각해졌고 엄마는 긴 한숨만 내뱉었다. 아빠는 이전보다 더 늦은 밤까지 송내로에 남아서 빵을 구웠다. 다른 건 아무것도 생각하지 않고 24시간 빵만 굽기로 작정한 사람 같았다. 그런데 다행인지 불행인지 언니는 미대 1학년까지 다니더니 자퇴하고 말았다.

"그림은 돈을 빨아들이는 블랙홀 같아. 앞으로 먹고 살길은커녕 물감값도 벌기 힘들겠어. 내가 평생 가난한 화가로 사는 건 괜찮지만, 아빠 엄마를 굶게 할 순 없어."

나는 그때 뒤늦게 효녀인 척하는 언니가 얄미웠다. 아빠가 일 년 내내 밤 12시까지 트럭에 남아 고생한 걸 생각하면 화가 났다. 언니는 독종답게 독학으로 재수해서 4년 장학금을 받고 간호학과에 입학했다. 그즈음 언니 눈빛이 어찌나 매서웠던지 보는 사람도 오싹할 정도였다.

그런데 아빠가 쓰러진 뒤로 언니를 다시 보게 됐다. 아빠를 아기처럼 달래고 어르고 위로하는 모습이 꼭 아빠의 엄마 같다. 릴레이 선수처럼 언니도 아빠로부터 희생의 바통을 전해 받은 셈이다. 알고 보니 세상은 누군가의 희생으로 돌아가고, 움직이고, 앞으로 나아가는 거였다.

"아빠, 집으로 돌아오니까 좋아?"

가볍게 두 번 깜빡.

"♬ 축하합니다. 축하합니다. 아빠의 귀가를 축하합니다. ♬"

짐짓 얼굴을 환하게 펴고, 투명하게 웃는 김하늬 흉내를 냈다. 막내딸의 축하에 아빠가 배시시 웃자 엄마도 처음으로 잔잔하게 웃었다. 웬일인지 언니도 구박하지 않고 모르는 척 끝까지 듣고 있었다.

종례 후에 핸드폰을 켜자마자 문자 도착 알림음이 떴다. 분당 심장 박동수가 급상승하면서 얼굴로 피가 몰렸다. 오늘이 청소년 시립 합창단 합격자 발표일인 거 무심한 척했지만 내내 뇌리를 맴돌았다. 문자 버튼 클릭과 동시에 두 눈을 질끈 감았다. 정확히 30초 후, 오른쪽 눈만 살짝 떠서 핸드폰을 비껴봤다.

귀하께서는 아쉽게도 이번 추가입단 선발에 탈락하셨습니다. 참여에 감사드리며 다음 기회에 또 만나기를 바랍니다.

–부천청소년시립합창단장

툭, 심장 떨어지는 소리에 놀라 왼쪽 눈은 저절로 떠졌다. 당연한 결과인데 아빠 얼굴이 먼저 떠올랐다. 탈락 소식을 어떻게 전할지 앞이 캄캄했다. 하굣길 내내 문화 예술 회관에서 만났던 여자분의 말이 귓가에 맴돌았다.

'학생, 개인 레슨 받은 적 없죠?'

'만약 비싼 레슨을 받았다면 결과가 달랐을지 모른다'는 가정법이 마음을 흩었다. 그러다 번득, 섬광처럼 꽂히는 생각 하나! 어려운 일이 생기면 꿀빵 레시피 쪽지를 찾아보라던 아빠의 당부가 떠올랐다. 탈락 소식을 전할 방법이 들어 있을지 궁금해 걸음이 빨라졌다.

집에 도착하니 다행히 아빠는 잠들어 있었다. 엄마도 피곤했는지 침대 옆 소파에 기대 가릉가릉 코까지 골았다. 살금살금 도둑 걸음으로 안방에 들어왔다. 분명 꿀빵 레시피 1번 쪽지는 문갑 안 할머니 유품 상자 속에 들어있다고 했었다. 조심스레 문갑을 열자 안쪽 깊숙한 곳에 네모난 상자가 보였다. 꺼내 보니 중후한 갈색 원목 상자였다. 아빠가 네 살 때 돌아가셨다는 할머니의 유품이라면, 55년이 넘은 물건이란 뜻이었다. 내용물이 궁금해 꼴깍, 마른침을 삼키는데 등에 긴장이 흘렀다. 아빠 혼자 간직했던 상자라면 귀중품이

들어 있을지도 몰랐다. 상자가 크지 않은 걸로 보아 보석일 가능성도 있었다.

호흡을 들이키며 상자 뚜껑을 열었는데… 헐, 오래된 성경책 한 권뿐이었다. 손때 묻은 겉표지는 낡아서 너덜너덜하고 흰색 속지들은 누렇게 변해 있었다. 한 인생의 유품이 고작 낡은 성경책 한 권이라니 초라했다. 그걸 가보처럼 간직해온 아빠가 한심해 보였다. 속지를 뒤적이자 사진 한 장과 쪽지 하나가 얌전히 꽂혀 있었다. 시간이 얼마나 흘렀는지 누렇게 변한 사진 안에는 한 여고생이 미소를 머금은 채였다. 세라 교복을 입고 두 갈래머리를 곱게 땋아 내린 모습이 단아했다. 사진 뒷면의 '사랑하는 어머니'라는 글귀는 분명 아빠 필체였다. 그렇다면 사진 속 여고생은 내 친할머니가 분명했다. 갸름한 계란형의 얼굴, 선한 반달 눈매, 지적인 분위기, 은은한 미소… 유전적으로 나와 상관없어 보이는 자태에 놀랐다.

친할머니의 고운 얼굴 위로 김모나의 똥 머리를 낚아채려던 내 모습이 겹쳐졌다. 아! 겨우 두 세대 만에 조상의 우성 유전자를 갈아엎었다면, 나는 강력한 돌연변이가 틀림없었다. 가문의 피를 어쩜 이렇게 흐려 놓았느냐고 누가 묻는다면 유구무언! 돌덩이 같은 한숨이 콧구멍을 뚫고 아프게 빠져나왔다.

쪽지엔 검은색 네임펜으로 1이라는 숫자까지 친절하게 적어두었다. 번호를 적어둔 이유가 있을 텐데 짐작도 어려웠다. 꼼꼼하게 접힌 1번 쪽지를 펼쳤다.

1

깨끗한 믹싱 그릇을 준비해야 해. 그릇이 가장 중요해. 더러운 그릇은 아무리 좋은 재료도 독이 되게 만들거든. 녹인 버터에 설탕과 소금, 계란을 넣어 휘핑을 잘해도 믹싱 그릇이 깨끗하지 않으면 소용없어.

노래야, 지금 네가 힘들어하는 그 일, 깨끗한 마음으로 해결할 수 있겠니?

그렇다면 2번 쪽지로 넘어가도 좋아.

→ 2번 레시피는 송내로 빵 트럭 옆 CU 편의점에서 찾으렴.
시작이 반이야. 화이팅! 선물 쿠폰 꼭 받자!

상식 따위와 황당한 질문이 꿀빵 레시피라니, 기대는 순삭했다. 보물지도 들고 찾아와 허탕 친 기분이었다. 비싼 믹싱 그릇이라도 더러우면 반죽 못 하는 건 당연한 일. 어려운 일 생길 때마다 사용하라니, 안드로메다로 날아온 느낌이었다. 유튜브에 넘쳐나는 꿀빵 레시피보다 훨씬 초라했다. 실망으로 방바닥에 벌러덩 드러누웠다. 천정의 기하무늬 벽지만 어지럽게 맴돌았다.

그런데 딸에게 유익하지 않다면 할머니 유품 상자에 넣어 둘 리 없었다. 뭔가 깊은 뜻이 있을 터였다. 이해하기 위해 다섯 고개를 해보기로 했다.

첫째, 지금 난 무엇 때문에 힘든 거지? 오디션 탈락 때문이다.

둘째, 왜 탈락했다고 생각하지? 개인 레슨을 받지 못했기 때문이다.

셋째, 그럼 난 어떤 믹싱 그릇을 원한 거지? 비싼 개인 레슨을 원한 거다.

넷째, 깨끗한 믹싱 그릇이란 뭐지? 깨끗한 마음일 테지.

다섯째, 깨끗한 믹싱 그릇을 준비하라는 건 무슨 뜻이지? 비싼 레슨을 받지 못해도 깨끗한 마음으로 노래 부르라는 뜻일 테지.

추론 과정은 맞는데 결론은 인정할 수 없었다. 깨끗한 마음이면 충분하다는 건 70년대 기준이었다. 꿀빵 레시피를 노래에 적용하는 것도 억지였다. 세상 모든 일에 적용되는 진리가 있을지 의문이었다. 레시피에 의하면, 오디션에서 떨어진 건 발성이나 레슨 문제가 아니었다. 분노로 얼룩진 마음 때문이라는 얘기였다. 고대 경전 급의 말로 딸을 설득하는 아빠는 과연 레트로 영화의 주인공다웠다. 그런데 또 생각해 보면, 완전히 틀린 말은 아니었다. 그날 김모나의 똥 머리를 낚아챌 만큼 분노했었고 노래로 밟아버리려던 것도 사실이었다.

아빠가 투병 중에도 내 행동을 투시한 것처럼 서늘했다. 다시 벌떡 일어나 앉았다. 어차피 알릴 결과라면 수행 점수로 선물 쿠폰이라도 받는 게 나왔다. 1번 레시피에 의거, 깨끗한 마음으로 탈락 소식을 전하기로 했다.

거실로 나오니 스캔 중이던 것처럼 아빠가 깨어 있어서 흠칫했다.

"아빠, 나 할 말 있어. 뭔지 궁금하지?"

밝은 표정으로 말하자 아빠 눈은 희망 상태로 급변했다. 예상대로였다. 기대감을 안긴 상태에서 터뜨리는 나쁜 소식은 밝은 표정이 묘수였다. 반전 끝판왕이지만 꿀빵 레시피의 효율성을 시험해 볼 기회였다.

"나, 오디션 탈락했어. 깨끗한 마음으로 부르지 못했어. 반성하고 있으니까 이해해 줄 거지?"

빛의 속도로 전하고 기대의 눈빛을 발사하자 아빠는 이내 환하게 웃었다. 오랜만에 직관이 통했다. 입과 손으로 말할 수 없어도 아빠는 표정으로 말하고 있었다. 표정 말 하나로도 대답은 충분했다.

"기대 많이 했을 텐데, 어떡해."

아빠는 크고 분명하게 두 번 깜빡이고는 글자판 쪽으로 눈을 돌렸다. 미안한 마음에 얼른 가져다 대답을 듣기로 했다.

"기역, 니은."

앗! 오랜만에 빨리 나왔다. '니은' 당첨!

"아, 애, 야, 얘, 어, 에, 여, 예, 오."

이번에는 중간쯤에서 나왔다. '오' 당첨! 지금처럼 글자 만들기가 순조롭다면 얼마나 좋을까 싶었다.

"종성은?"

한 번 깜빡. 없다는 뜻이다. 그렇다면 '노'가 됐다. 바로 알아냈다.

"알겠다. 노래? 나 말하는 거야?"

두 번 깜빡. 문장은 곧 만들어졌다. '노래는 아빠의 영원한 노래니까.'

오디션에 탈락했어도 내가 곧 아빠의 노래니까 괜찮다는 뜻이었다. 손발 오글거리는 대답에 스멀스멀 안개 피는 증상이 고개를 들었다. 감동한 나머지, 급성 조증에 걸려 나도 모르게 안드로메다 언어를 발설했다.

"너무 실망하지 마. 대신에 내가 역대급 이벤트를 준비했어. 나, 개교 50주년 기념 음악제 참가할 거야. 꼭 합격해서 멋진 노래 선물할게."

아빠의 눈이 두 배로 커졌다. 감동 카드가 제대로 먹혔다. 아마 아프지 않다면 우리 노래 최고라고, 엄지척했을 터였다. 그게 아빠표 위로법이니까. 후폭풍 수습이 걱정됐지만 일단 아빠가 웃어서 좋았다. 노래할 기회가 생긴다면 그땐 정말 깨끗한 마음으로 부르고 싶다.

중력분과 베이킹파우더

"노래 너, 아까 5교시에도 잠깐 졸았지? 혹시 또 꿀빵 꿈꾼 거야?"

"먹깨비 이노래가 어련하시겠어?"

교내 체육관으로 연행해 가면서 양송이와 김하늬는 형사처럼 추궁했다. 요즘 잠 때문에 밀당 없이 지냈더니 꿈속까지 들여다보고 있었다. 과한 밀착 관계가 부담스러웠다. 친구 사이에도 달의 타원 궤도가 필요해 보였다. 당장 꿈 관람료를 내놓으라는 헛소리로 어색한 분위기에 물을 탔다.

요즘 피곤해서 그런지 연타로 꿀빵 꿈을 꾼다. 꿀빵이 아빠의 상징이라고 핑계를 대봐도 식욕 앞에서는 유구무언! 꿈속에서도 후각이 빵 냄새를 맡는 신기한 체험을 했다. 심지어 고소한 빵 냄새가 코를 자극하면 미각으로 전달될 때도 있다. 침샘에서 다량의 침까지 방출된다는 사실이 아빠에게 미안할 따름이다.

"꿈과 오감 사이에는 오묘한 상관관계가 있어. 그러니까 꿈속에서는 감각 전달이 훨씬 빨리…."

분위기 전환하려고 열 내서 설명 중인데, 둘은 엉뚱한 말로 당황하게 만들었다.

"아, 갑자기 노래 아빠표 꿀빵 먹고 싶네. 우리 빵 트럭 쳐들어갈까? 아빠 잘 계시지?"

"그래, 나도 꿀빵 먹고 싶다. 공짜 빵 무한 리필 그립네. 이번 주말에 빵 털러 갈까?"

양송이의 즉석 제안과 김하늬의 즉흥 반응에 지각이 요동하는 줄 알았다. 말하지 않았을 뿐인데 점점 거짓말이 되는 것 같아 마음이 무거웠다.

"으응… 그래. 잘 있지."

허언증 환자처럼 거짓말로 둘러댔다. 아직도 둘의 우정 속에 들어 있을 가면을 찾고 있다. 의심 구름이 피어오르면 순식간에 마음을 덮어버리곤 한다. 얼른 화제를 바꿨다.

"너희 둘, 밤하늘에 뜬 꿀빵 꿈꾼 적 없지? 꿀빵 덕후라면 꿈에서도 먹어봐야지."

"헐! 밤하늘에 뜬 꿀빵? 먹깨비 병이 심해져서 이젠 불치병이 됐네."

김하늬는 내 이마에 손을 얹고 치료 불가라는 듯 고개까지 저었다.

급식 실컷 먹고 꿈속 꿀빵까지 탐낸 친구가 한심해 보였을 테다.

"유레카!!!"

대단한 발견이라도 한 듯 양송이가 맥락 없이 소리를 질렀다. 욕조에서 유레카를 외쳤다는 아르키메데스 행동의 복사판이었다. 마침 딱 맞게 분위기를 바꿔준 양송이가 내심 고마웠다. 기숙식 특강 후유증으로 양송이버섯의 신선도가 떨어졌다며 나는 추임새를 넣었다.

"가만 있어 봐. 밤하늘의 꿀빵까지 탐내는 먹깨비라, 콘셉트 멋진데? 기념 음악제 밴드명으로 '꿀빵 클럽' 어때? 노래 너랑 나는 얼굴도 꿀빵처럼 둥그니까 찰떡이지. 곡목도 빵과 관련된 걸 선택하면 대박이겠어!"

"뭐래?"

시답잖은 대화에 오히려 마음은 가벼워졌다. 나는 양송이 이마에 손을 대고는, 완벽한 계란형 얼굴 하늬도 있다며 트집을 잡았다. 학업 과다 후유증을 이유로 들며 발끈해서 반문했다.

"양송이버섯, 제발 이름값 좀 해. 우린 '투 플러스 원'으로 충분해. 얼굴이 둥근 것도 민망한데 꿀빵 먹깨비인 거 전교에 광고할 일 있어? 게다가 하늬는 여신인데 신비감 지켜줘야지. 난 반대야."

양송이와 내가 중성 캐릭터라 해도 남학생들 앞에서 굳이 먹깨비라고 인증할 필요는 없었다. 아빠와의 약속만 아니라면 당장 발을 빼고 싶었다.

"노래 너, 지금 짝남 송준서 의식하는 거지? 먹깨비가 어때서? 먹성 좋은 여자야말로 최고의 매력녀인걸."

"그래도 난 반대야. 꿀빵 클럽은 너무 촌스러워. 빵 관련 노래를 부르겠다는 발상은 또 뭐야?"

기가 막힐 지경인데 양송이는 계속 버텼다. 중간고사 끝나면 바로 예선 오디션이라 밴드명을 정해야 한다고 우겼다. 그래도 안 되니 급기야 노래야 아앙, 다시 생각해 봐 아앙, 애교 작렬 콧소리까지 방출했다. 김하늬도 말릴 생각이 없는지 웃음만 날렸다. 아빠 간호 때문에 빠져든 5교시 졸음이 대참사를 불러왔다. 나비의 날갯짓이 태풍을 일으킨 것이다.

"밴드명은 나중에 생각하자. 오늘 나 집에 빨리 가야 해. 그나저나 왜 체육관에 모이라고 한 거야?"

"무슨 이벤트가 있대. 반장이 전원 꼭 참석하라고 했어."

엄마 대신 간호해야 해서 시간이 빠듯한데, 둘에게 억지로 끌려왔다. 우리 반 아이들은 물론 다른 반 아이들도 몇몇 눈에 띄었다. 반장이 대형 축하 케이크를 들고 강단 위로 오르자 오현지가 꽃다발을 들고 뒤를 졸졸 따랐다.

"얘들아, 우리 반에 축하할 일이 있어. 궁금하지?"

바쁜 애들 잡아 두고 매직쇼라도 벌일 듯 반장은 한껏 흥분한 상태였다.

"모나가 어제 부천 청소년 시립 합창단에 최종 합격했대. 놀랍게도 35 대 1의 경쟁을 뚫었다지 뭐야. 송내중 학생으로는 첫 입단이라니 우리 학교에도 영광이지. 박수로 축하해 주자."

알고 보니 아이들을 끌어모아 자랑하려는 속셈이었다. 때맞춰 박수 세례를 받으며 김모나가 강단 위로 올랐다. 눈에 인공 습기까지 머금은 모습은 딱 오디션 때의 포커페이스 'C&V' 각이었다. 자작 이벤트에 감동한 표정이라니, 가식 끝판왕다웠다. 반장에게 자체 제작 축하객 명단을 넘길 때 양심의 가책은 1도 없었을 테다.

"얘들아, 모나 소감부터 듣고 케이크 점등할까?"

반장의 준비된 멘트가 착착 이어졌다. 한국 뮤지컬 어워즈 여우 주연상 수상식인 줄 알았다.

"축하 이벤트라니, 상상도 못 했는데 감동이야. 너희들의 응원 덕분에 합격했어. 고마워."

순진한 척 입술을 오므려 촛불을 끄는 순간, 하얀 얼굴이 시야에 들어왔다. 송준서가 체육관에 들어온 것과 축하식의 상관관계가 퍼뜩 떠오르지 않았다. 송준서를 확인한 반장은 김모나의 오디션 곡을 들어보자며 바로 낚싯밥을 던졌다. 똘마니 몇이 즉각 입질에 가담하자 환호와 함께 박수가 터져 나왔다. 어리숙한 반장을 섭외해 박수 부대를 동원하고 결국 송준서 앞에서 자신을 빛나게 하려는 수작이었다. 똘마니 오현지가 피아노 앞으로 쪼르르 달려갔다. 역시 즉흥 이벤트가 아니라 각본이었다.

"♬ 에델바이스, 에델바이스, 아침 이슬에 젖어, 귀여운 미소는 나를 반기어 주네. ♬"

빰까지 발그레 물든 김모나의 시선은 무대 아래 송준서를 향했다. 송준서의 시선도 김모나를 향했다. 연애 젬병인 나도 눈치챌 만큼 호감 어린 시선을 서로 교환했다. 결국 김모나가 이벤트를 벌인 목적은 세 가지였다. 첫째, 일급 관종의 만족감을 누리고 둘째, 천적인 나를 멕이고 셋째, 송준서의 마음을 뺏으려는 것. 양송이 어록에 비유하자면, 일타 삼피!

"♬ 눈처럼 빛나는 순결은 우리들의 자랑, 에델바이스, 에델바이스, 마음속의 꽃이여. ♬"

바로 그때 송준서가 조용히 화음을 넣기 시작했다. 들릴 듯 말 듯 미성의 테너 음이 공기를 타고 흘렀다. 감미로운 목소리였다. 얼굴 뽀얗고 시도 잘 쓰는데 목소리까지 아름답다니, 방탄소년단 '정국'에 맞먹는 매직 같았다. 둘이 만드는 화음은 체에 친 중력분 밀가루와 물처럼 잘 어우러졌다. 두 사람이 화음 맞춰 노래할 때 영혼의 교감이 생기는 걸 난 알고 있다. 어느새 옆에 선 아이들도 하나 둘 따라부르기 시작했다.

"우와!"

어리둥절한 아이들 사이로 탄성이 터져 나왔다. 내 마음 안의 비밀스러운 송준서에서 전교생의 송준서로 공개되는 순간이었다. 사람의 매력은 뾰족한 송곳 같아서 아무리 꼭꼭 숨겨놔도 결국 들키고 만다. 나만의 것으로 숨겨 둘 방법이 없다. 그리고 가끔은 그 송곳이 심장을 찌르기도 한다.

노래가 끝나고 환호가 터져 나오자 송준서 얼굴에도 미소가 일렁였다. 김모나가 나보다 똑똑하다는 걸 처음 알았다. 자기 재능을 키울 줄도 알고, 목표대로 성과를 일궈낼 줄도 알고, 적수를 보기 좋게 밟을 줄도 알고, 기가 막힌 타이밍으로 남학생을 매료시킬 줄도 아는 애였다. 부자 아빠의 지원으로 비싼 레슨을 받아도 부럽지 않았는데, 선물을 빼앗긴 아이처럼 속상했다. 무대에 정신이 팔린 친구 둘을 뒤로하고 도망치듯 체육관을 빠져나왔다.

"노래야."

어이없게도, 송준서가 따라 나오며 등 뒤에서 이름을 불렀다. 눈치 없는 인간에게 대답하고 싶지 않았다. 송준서도 보통의 남자애들과 다르지 않았다. 공갈빵에 현혹된 건, 급식소로 달려가는 남학생들과 동급이라는 증거였다.

교문 밖에 나서자마자 핸드폰으로 인스타그램을 열었다. 아빠가 쓰러지기 전 링크해둔 '노래로 하나 되는 세상' 동영상이 부끄러워 미칠 지경이었다. 송준서가 '좋아요'를 누른 게 보였다. 팔로워 명단에서 송준서를 언팔하고 내용을 비공개로 돌려버렸다.

교무실로 오는 내내 망설였다. 7교시 창체 수업을 빼려면 담임 샘의 허락이 필요한데 용기가 나지 않았다. 샘은 노트북에 눈을 꽂고 일하는 중이었다.

"선생님… 저, 집에 가야 해요. 엄마 심장 정기 검진 일이거든요. 언니도 낮 근무고요."

"그래? 네가 잠깐 아빠 보살펴드려야 하는구나. 아빠 상태는 어때?"

대답 없이 고개만 가로저었다. 어차피 시간과 몸 상태는 정비례 관계인데 그냥 보내줬으면 싶었다. 사람 사이에는 짐작만으로 넘겨야 할 때도 있다. 내 방식의 친절이 상대방에겐 고통이 될 수 있으니까. 그래도 정 많은 담임 샘에게 예의를 지켰다.

"앞으로는 최대한 빠지지 않을게요."

"그래, 어서 가봐. 후회 없이 최선 다해야지. 그런데, 노래야."

예감은 적중했다. 상극인 공부 얘기로 전환될 게 뻔했다. 공부는 왜 항상 나와 가장 먼 거리에서 일정한 궤도로만 도는 건지 모를 일이다. …5, 4, 3, 2, 1, 0!

"이번 중간고사 성적 떨어지면 원하는 고등학교 가기 어려워. 아빠 투병과 성적은 별개라는 거 알지? 등급이 턱걸이 수준인데 이대로는 원서도 못 써."

매번 이런 식이다. 바로 소고기가 돼버렸다. 1등급 한우가 아닌 바에야 호주산 2등급이나 미국산 3등급이나 다를 게 없다. 우리나라에선 어차피 1등급이 아니면 다 같은 등급일 뿐이다. 게다가 공부 외에는 진정한 1등급을 알아주지도 않는다. 아빠가 구운 꿀빵은 1등급이지만 인생은 9등급처럼 살았다.

"공부… 하고 있어요."

삼선 실내화를 비벼대며 간신히 대답했다. 담임 샘도 뻔히 아는 거짓말이라 시선을 맞추지 못했다.

"아빠가 투병 중이라 가정 형편이 어렵지?"

"언니가 돈 버니까 아직은 버틸 만해요."

언젠가 했던 아빠 말을 억지로 믿고 싶었다. 가족이 서로 사랑하면 어떤 문제든 극복할 수 있다는 희망 고문의 말… 담임 샘에게 꾸벅 인사하고 교무실을 나왔다. 인간의 역사 이래 모든 격언이 희망 고문일 뿐이라는 생각에 우울해졌다.

"야, 빵탱이! 너 또 7교시 빼고 가는 거야?"

선전포고 없이 무차별 공격을 시작하는 김모나를 애써 무시했다. 함무라비 법전에 의거, '5도'라는 별명으로 맞불 공격하려다 그만뒀다. 모든 게 귀찮았다. 학교 폭력 공동 가해자 똘마니 셋을 거느린 모습에 차라리 눈을 감고 싶었다.

"나한테 시비 걸지 말고 7교시 수업이나 들어가. 지금 네 모습 송준서가 보면 다중 인격 장애라고 생각할 거야."

"뭐? 그러는 넌 분노조절장애잖아. 너, 요즘 무슨 일 있지? 2학기 들어서 툭하면 7교시 빼잖아. 궁금하단 말이야."

"남이야 7교시 빼든 말든 네가 뭔 상관?"

"너희 집에 무슨 일 있는지 알아내는 건 어렵지 않아. 네가 사는 임대아파트에 내 친구의 친구의 친구가 살고 있거든."

"그래. 너한텐 전부 친구의 친구의 친구뿐이지? 진짜 친구는 하나도 없지?"

참지 못하고 매운 폭탄을 투척했다. 역시 대응 방식으로는 함무라비 법전이 가장 훌륭했다. 아빠처럼 격언 인생을 살다가는 하이에나에게 먹힐 뿐이다.

"넌 누구 닮아서 말이 많아? 설마, 말 들어줄 가족이 없어서 학교에서 푸는 거야? 네 아빠 엄마 닮았으면 말이 없을 텐데."

김모나는 선을 넘어버렸다. 부모님이 농인인 걸 알아냈다는 얘기였다. 대단한 약점이라도 잡은 양 으스대는 꼴이 쓰레기 같았다.

"'노래'라는 이름이 어쩐지 익숙했는데, 어제 기억났어. 너 소망유치원 출신 맞지?"

"대답하기 싫은데?"

"개명하기 전 내 이름이 김모정인데, 기억나? 네 아빠, 소망 유치원에 빵 구워주러 온 적 있었잖아. 그때 내가 분명히 봤어. 2 대 8 가르마 탄 늙은 아저씨."

김모정이라면… 대놓고 아빠를 놀리던 아이였다. 소망 유치원에 등록해놓고 이내 다른 동네 영어유치원으로 간 밉상이었다. 뉴런의 교란이 일어난 머릿속에서 유년기 에피소드가 툭 튀어 올랐다.

학부모 참관 수업이 있던 날, 아빠는 하루 일을 쉬고 유치원에 왔었다. 새벽부터 일어나 아이들이 배불리 먹고도 남을 만큼 꿀빵을 구워온 아빠는 생기가 넘쳤다. 2 대 8 가르마는 단정했고 정성 들여 바른 스킨로션 덕분에 얼굴도 매끈했다. 아빠 엄마는 선생님께 수어 인사를 건넸고 옆에 서 있던 내가 통역자가 됐다. 꿀빵 담은 광주리를 내려놓으며 아빠가 말했다.

「아침에 구워온 꿀빵이니 아이들에게 나눠주세요.」

"아, 노래 아버님 감사합니다."

아빠 얼굴과 내 얼굴로 시선을 번갈아 옮기던 선생님의 눈에 안개가 피는 걸 분명히 봤다. 선생님은 '감사합니다'의 수어 표현을 물었고, 난 옆으로 세운 오른손을 왼손 등 위에 대고 두 번 두드렸다. 선생님이 따라 하면서 인사하자 아이들의 눈과 입이 동시에 벌어졌다.

"엉? 노래 아빠 말 못 해?"

당돌한 질문이 아이들 사이를 비집고 튀어나왔다. 모두의 시선이 몰린 곳에 갓 이사 온 김모정이 서 있었다. 어색한 침묵 속에 잔뜩 긴장한 아이들이 꼴깍, 침을 삼켰다.

"우리 아빠는 입 대신 손으로 말해. 손 말도 똑같은 말이야!"

"손으로 말하는 게 어디 있어? 말은 입으로 하는 거지!"

내 항변에 다시 공격성 반문을 던진 아이 역시 김모정이었다.

"손으로 하는 말도 있어."

"우리 아빤 뭐든 입으로 말해. 한국말도 잘하고 베트남 말도 잘해."

참관 수업에 오지 않은 아빠 자랑을 늘어놓았지만 아무도 호응해주지 않았다. 세계적인 성악가가 되려고 개명했다더니, 과거부터 얽힌 악연에 치가 떨렸다. 내 기억이 맞는다면, 유치원부터 시작된 악연에 맞서 난 오래 참아 온 셈이었다. 가격하기 좋은 콧등 한 대치고 교육청 학교 폭력 대책 위원회에 호출돼 가고 싶었다.

"그래, 잘됐네. 유치원 때 당한 거, 오늘 갚아줄게."

눈 깜짝할 사이에 김모나의 똥 머리 묶음을 확 낚아챘다. 단단히 고정해 둔 고무밴드가 터지면서 긴 머리카락이 등으로 흘러내렸다.

"악!!!"

묶음이 풀어졌을 뿐인데 미친 듯 소리 질렀다. 똘마니 셋이 교무실로 내달리기 시작했다. 역대급 과잉 반응에 기가 찼다. 학교 폭력 가해자로 몰려는 수작이 뻔했다. 김모나가 쳐놓은 그물에 걸려들었단 자각에 서늘해졌다. 이성적인 대처가 필요해 급히 노선을 바꿨다. 내 짧은 머리카락에 열 손가락을 넣어 엉망으로 헝클었다. 머리끝까지 화가 났지만, 뉴런의 시냅스에서는 이성이 작동했다. 아빠가 침대 위에서 학교 폭력 통지서를 받게 할 수는 없었다. 흥분으로 씩씩대는 어깨를 억지로 가라앉혔다. 어쩔 수 없이 딱 한 번만 더 참기로 했다. 성능 좋은 아빠 눈은 싸우고 돌아온 걸 단박에 감지해낼 터였다. 작은고모 말로는 청각이 마비된 만큼 시각이 발달했다는데, 웃음 머금고 있어도 우울한 기분을 바로 안다. 투병 중인 아빠가 내 아킬레스건이다.

"야, 김모나. '형제'를 수어로 어떻게 표현하는지 알아? 당연히 모르겠지. 너처럼 무식한 5도가 수어를 알 리 없지. 넌 언어 능력 꽝이잖아."

"미친 빵탱이가 뭐래?"

찢어진 눈 고도가 8도 가까이 상승하는 걸 보면서 수어로 멕여 버렸다. 최고 등급의 매운맛을 투척했다.

“수어로 ‘형제’는 말이야. 바로 이거야!”

양손의 중지를 똑바로 세워 서로 위아래로 엇갈려가며 흔들었다. 99.9 퍼센트 욕으로 보였을 테다.

“야, 미친 빵탱이. 늙은 벙어리 딸인 거, 내가 전교에 소문내 줄게.”

“맘대로 해. 아마 장애인 인권 비하 죄로 가중 처벌 받게 될걸?”

찢어진 눈이 레이저를 뿜든 말든, 휘파람 불며 교문을 나섰다. 제대로 한 방 먹여서 시원할 줄 알았는데 얼굴로 뜨거운 열기가 몰렸다. 일부러 버스를 보내고 천천히 걸었다. 거리는 어느새 가을옷을 입고 있었지만 난 가을이 싫었다. 온 세상에 퇴색하고, 떨어지고, 비어버릴 일만 남겨 둔 시간이니까. 요즘 자꾸 쓸데없는 생각에 붙들린다.

딩동. 인스타그램 DM 도착 음이 울려서 핸드폰을 열어보니 발신자는 송준서.

안녕 노래야, 혹시 내가 너한테 잘못한 거 있어? 있다면 말해줘. 잘못한 게 있다면 사과하고, 고칠 게 있다면 고칠게. 우린 친구잖아.

빛의 속도로 DM을 삭제했다. 명치 끝에 묵직한 통증이 몰려왔다.

세 정류장을 걷다가 버스에 오르자마자 졸음이 쏟아졌다. 귓가에 맴도는 김모나 악담 따위, 송준서 사과 따위 잊고 푹 자고 싶었다. 햇살 내리쬐는 차창에 기대 꾸벅꾸벅 졸다가 우리 아파트가 가까워지는 줄도 몰랐다.

"헐, 어떡해! 기사님, 저 여기서 내려요."

벌떡 일어나 하차 벨을 누르려는 순간, 불현듯 아빠가 빵 굽던 곳에 가 보고 싶었다. 다시 슬그머니 자리에 앉을 때 머쓱해서 죽을 뻔했다.

"학생 안 내려?"

"기사님, 죄송해요. 여기가 우리 집이 아니었네요."

뒷자리 아주머니가 킥킥 웃자 옆자리 아저씨까지 파파, 웃음을 터트렸다. 안타깝게도 버스엔 쥐구멍이 없었다. 역시 개그는 무거운 고뇌를 잠깐 잊게 만드는 진통제였다.

송내로 64길에 내렸다. 내가 태어나기 4년 전부터 울릉도 가기 전까지 아빠가 일하던 곳이다. 환희 노래방과 은혜 개척 교회와 일등 속셈 학원과 CU 편의점이 함께 세 들어있는 건물, 아빠는 그 담벼락 앞에서 이십 년을 보냈다. 언니 말로는 건물과 함께 아빠도 늙어간다고 했다.

"오! 노래! 노래!"

어릴 때 점심 배달차 엄마를 따라가면, 아빠가 헛헛한 발음으로 내 이름을 불렀다. 오른손 검지 끝으로 내 뺨 한가운데를 꾹 누르며 예쁘다고 수어로 말했다. 힘껏 안아 올려주던 손길이 암모나이트의 역사처럼 아득하다. 아빠는 1등급 빵장수다. 섬세한 제빵 기술을 한우에 빗대자면 쓰리 플러스 1등급. 게다가 인성은 덤이다. 가난한 노인들이 빵을 사러 오면 거저 주곤 해서 엄마가 화냈던 기억도 여러 번이다. 매월 셋째 주 토요일 오전엔 송내 보육원을 방문해서 빵을 구워주고 돌아왔다. 트럭 주위로 몰려든 아이들이 갓 구워낸 꿀빵을 기다리곤 했다. 여덟 살 겨울 어느 날, 보육원 봉사 가는 길이었다. 아침부터 흩날리던 진눈깨비가 함박눈이 되어 내렸다.

"와! 아빠 눈 와."

「와! 정말 눈이 오네.」

차에서 내려 둘이 손 맞잡고 깡충깡충 뛰었다. 아빠 왼발이랑 내 왼발을 나란히 놓고 기념 발자국도 찍었다. 아빠가 내 눈에 시선을 맞추고는 우리 노래, 어서어서 자라라고 손으로 말했다.

「노래야, 하늘에서 내리는 눈이 꼭 밀가루 같아.」

그때 함박눈을 배경으로 한 아빠의 수어는 아름다웠다. 열 손가락을 펼쳐 위에서 아래로 흔들어 내리며 '눈'을 표현하고, 다시 구부려 비비면서 '가루'를 표현했다. 아빠 코앞에다 꼬맹이 손을 갖다 대며 물었다.

"눈이 왜 밀가루야?"

아빠는 다시 손바닥을 위로 펼쳐 눈을 담고는 행복한 표정으로 대답했다.

「이만큼의 밀가루라면 세상에 배고픈 사람 하나도 없을 테니까.」

신기하게도 그 순간 난 세상을 향해 쏟아지는 밀가루를 보았다. 자루에 푹푹 퍼담아서 베란다에 쌓아두고 싶었다. 그럼, 꿀빵 재료비를 아낄 수 있을 테니까. 그런데 아빠는 전혀 다른 시선으로 바라보았다.

「노래야, 이 소리 들려?」

"무슨 소리?"

「세상이 밥 먹는 소리. 배불러서 행복해하는 소리.」

"하나도 안 들리는데? 와! 아빠 귀는 정말 똑똑하네."

세상에 배고픈 사람이 없기를 바라는 아빠 마음이 훤히 보였다. 지난봄 어느 저녁, TV에서 결식아동 후원 광고를 보던 아빠가 그랬다.

「노래야, 이번 크리스마스이브에 눈 내리면 아빠 하루 쉴 거야. 그날 우리 하늘 밀가루로 세상에서 제일 큰 꿀빵 만들어 보자. 세상 사람들 다 먹고도 남을 만큼 큰 꿀빵 말이야.」

그랬는데… 오랜만에 들러보니 트럭이 있던 자리는 텅 비어 있었다. 햇빛은 따사로웠지만, 가을이라 쓸쓸한 분위기가 감돌았다. 그런데 바로 앞, 두 그루 플라타너스 사이에 이상한 현수막이 걸려 있었다.

꿀빵 장수 은호 씨, 보고 싶어요.

은호는 아빠 이름이다. 손님들은 아빠를 '꿀빵 장수 은호 씨'라고 부른다. 아빠를 그리워하는 손님 중 누군가 걸어둔 게 분명했다. 찰칵. 현수막을 핸드폰 카메라에 담았다. 어쩌면 오래오래 간직할 사진이 될지도 몰랐다.

답답한 마음에 꿀빵 레시피 2번을 찾아보고 싶었다. 마침 CU 편의점이 코앞이었다. 유리문 앞에 바짝 붙어 서서 매장을 살폈다. 아르바이트생 수원 언니가 손님으로 보이는 중년 아저씨 앞에서 쩔쩔매고 있었다. 아저씨는 뭔가에 화가 났는지 따지는 듯했고, 수원 언니는 연신 미소를 지어 보이며 해명하는 중이었다. 급기야 열이 오른 아저씨가 수원 언니에게 삿대질까지 하려는 찰나, 손님인 척 유리문을 열고 들어갔다.

"언니, 꿀빵 레시피 있어요? 여기 있대서 사러 왔는데요?"

"어서 오세… 노래야."

당황한 수원 언니에게 눈을 찡긋해 보이며 쓱 다가갔다.

"내가 카페 모카 좀 많이 갖다 놓으라고 몇 번이나 말했잖아! 에스프레소, 아메리카노, 헤이즐넛은 있는데 올 때마다 카페 모카만 없어. 일부러 숨겨놓고 나 골탕 먹이는 거지?"

"그럴 리가요 손님. 카페 모카가 오늘따라 유독 많이 팔렸어요. 주문 개수를 늘렸는데도 그래요."

"제대로 된 커피도 없는데 무슨 편의점이야. 에이, 짜증 나!"

"다음엔 손님께서 카페 모카를 드실 수 있도록 제가 더 신경 쓰겠습니다."

수원 언니는 끝까지 미소를 잃지 않고 손님을 응대했다. 나 같으면 당신 같은 인간에게 커피 따위 팔지 않겠다고 버럭 소리 질렀을 텐데, 속도 좋았다. 가정 형편이 어려워 낮에 아르바이트하고 밤에 공부하는 수원 언니가 편의점에서 일한 지도 벌써 삼 년째다. 늘 유통 기한이 임박한 도시락만 먹어서 걱정이라며 아빠가 따끈한 꿀빵을 자주 챙겨줬다.

"꿀빵 레시피 좀 찾아주세요. 급해요. 어서요."

일부러 수원 언니를 끌고 매대 쪽으로 데려가자 아저씨는 혼자 혀를 차더니 밖으로 나갔다.

"뭐 저런 인간이 다 있어? 성격 파탄자 아냐? 언니 괜찮아요?"

아저씨의 뒷모습을 향해 분노의 주먹을 날렸다. 그런데 수원 언니는 대수롭지 않다는 듯 웃어넘겼다.

"손님과 잘 어우러져야지. 그럼, 너처럼 맨날 대들까?"

"언니는 저런 사람 보면 화 안 나요?"

"저 아저씨도 카페 모카 한 잔으로 스트레스 날리고 싶었는데 맘대로 안 되니까 화가 났겠지. 누구든 힘들면 작은 것에도 화가 날 때가 있어."

"와! 언니가 장수 아르바이트생인 이유가 있었네요."

"푸, 그렇게 말하니까 내가 할머니 된 기분이야."

수원 언니는 한쪽 눈을 찡긋하며 익살스럽게 웃었다. 언니의 무한 긍정 에너지가 궁금했다. 진상들에게 분노하지 않는 방법이 뭔지, 언니만의 비법을 알려달라고 했다.

"음, 난 화가 날 때면 광대한 우주를 생각하곤 해. 빛의 속도로 팽창하고 있는 거대한 우주에 비하면 지구는 먼지보다 작지. 그 지구에 함께 몸을 싣고 같은 시간을 살아가는 사람이라고 생각하면 웬만한 건 넘어 가져. 내 유일한 취미가 우주 관련 콘텐츠 보는 거잖아. 하하."

"에고, 우주를 품어야 가능한 게 인간관계네요. 언닌 대단해요."

"근데 노래 너, 정말 레시피 찾으러 온 거야? 아빠랑 보물찾기 게임 또 시작했구나."

수원 언니는 빙그레 웃으며 매대 서랍에서 투명 비닐을 꺼내주었다. 네임 펜으로 '꿀빵 레시피 2번'이라고 쓴 쪽지가 보였다. 역시 아빠는 허를 찌르는 장난꾸러기였다. 열 받는 일을 당하고도 보물찾기 놀이 중이라는 착각에 빠져들도록 만들어 놓았다. 어딘가에서 내 행동을 엿보며 미소 짓는 것 같았다.

"은호 아저씨는 꼭 일어날 거야. 기다리는 사람이 많으니까. 노래야, 힘내."

역시 슈퍼울트라 긍정녀다웠다. 수원 언니의 말은 늘 나를 헷갈리게 했다. 환경과 딴판인 가치관을 의심하며 편의점 앞 간이 식탁으로 나가 앉았다. 제발 분노 처방전이 들어 있기를 바라면서 2번 쪽지를 열었다. 쪽지가 뭐라고 심장이 콩닥콩닥 뛰기 시작했다.

2

중력분 밀가루와 적당량의 베이킹파우더를 잘 섞어 체에 곱게 쳐서 내려야 해. 그게 정말 중요해. 그래야만 물과 잘 어우러지고 탄력 좋은 반죽이 돼. 휘핑 반죽과 잘 섞어 찰진 한 덩어리가 될 때까지 저어줘. 잘 섞이는 것! 꼭 기억해.

노래야, 지금 힘든 일을 겪고 있더라도 다른 사람과 잘 어우러질 수 있겠니?

그렇다면, 3번 쪽지로 넘어가도 좋아.

→ 3번 레시피는 고현심 할머니 댁에서 찾으렴.

선물 쿠폰이 점점 가까워지고 있어. 크크.

기대 순삭과 반감은 비례관계로 작용했다. 누가 봐도 '늙은 벙어리 딸'이라고 소문내겠다는 김모나에게 고운 중력분이 되라는 건 무리한 요구였다. 아빠도 내가 당한 일을 알면 레시피 따윈 찢어버리고 뺨 몇 대 때려주라고 응원할지도 몰랐다.

하지만… 레시피는 아빠가 엄선해서 작성한 문장이었다. 비록 놀이처럼 써뒀지만, 딸에게 꼭 당부하고 싶은 말일 터였다. 할머니의 유품 속에 넣어둔 것과 친딸처럼 아끼는 수원 언니에게 맡겨 둔 게 그 증거였다. 다섯 고개는 필요도 없었다. 딱 봐도 자존심 내세우지 말고 잘 지낼 방법을 찾아보라는 뜻일 테니까. 아빠와 난 대인관계 방식이 상극이라는 사실, 두 장의 쪽지로 증명된 셈이었다. 수원 언니 같은 고상한 인격이라면 모를까, 나는 절대 인정할 수 없었다. 쪽지를 팍팍 구겨서 비닐 속에 욱여넣었다.

"어제 일, 서로 사과하고 화해해."

3종 필살기 보유자 담임 샘과 시선이 마주치자 고개를 떨구고 말았다. 나란히 앉은 김모나도 반항적인 시선을 내리깔았다. 어제 하굣길에 싸운 일로 아침부터 교무실에 불려 와 경위서를 썼다. 김모나 똘마니들이 일러바친 결과였다.

"경위서엔 둘 다 자기가 피해자라고 썼네. 내가 보기엔 둘 다 가해자인데?"

"아니에요! 김모나가 먼저 우리 부모님을 모욕했어요. '늙은 벙어리'라고 놀리는 게 인간이에요?"

선생님의 객관성 없는 판단에 나는 처음으로 눈을 치떴다.

"모함이에요. 이노래가 나한테 친구 하나 없는 인간이라고 먼저 악담했어요. 게다가 신체 폭력까지 썼고요."

김모나도 물러설 수 없다는 듯 눈꼬리를 확 찢어 올리며 받아쳤다. 담임 샘은 어이없다는 표정을 짓더니 급기야 긴 한숨까지 내뱉었다. 친구 부모님을 놀린 말이나 폭력으로 해결한 행동 모두 잘못이라며 화해하지 않으면 학교 폭력 대책 위원회 회의를 열겠다고 했다.

"모나 어머니도… 사정이 있고, 노래 부모님도… 사정이 있는데, 양쪽 부모님께 내교 통지서 보낼까?"

김모나와 나는 동시에 다시 고개를 떨궜다. 아픈 아빠만 아니라면 학교 폭력으로 걸어서 쌍방 가해자가 됐을지도 모른다. 다행히 아찔한 순간이 지나간 거다. 부모님께 알리고 싶지 않다면 사과하라며 담임 샘은 지긋지긋한 3종 필살기를 다시 꺼내 들었다.

"거절할게요. 열 채워서 폭력 쓰게 만든 인간이랑 화해할 순 없어요."

"나도 마찬가지예요. 머리카락 다 뽑힐 뻔했어요. 폭력 인간과 어떻게 지내요?"

내 반항에 김모나도 질 수 없다는 듯 즉각 반격했다. 서로 째려보며 씩씩대기 시작하자 담임 샘은 양손 검지로 관자놀이를 꾹 눌렀다. 학급에 골치 아픈 일이 생길 때마다 나타나는 습관이다.

"좋아. 그럼, 서면으로 사과하자. 내일 아침까지 사과문 작성해서 제출해. 내가 직접 서로에게 전달해줄게. 대신 진실하게 써 와. 알았지?"

담임 샘의 타협안에도 불구하고 둘의 불만은 수그러들지 않았다. 내 입은 불만으로 툭 튀어 나갔고, 김모나 눈 고도는 최고치까지 치솟았다. 담임 샘은 딱 하루 준다는 말을 강조하고는 그만 돌아가라며 손사래를 쳤다. 못난 제자들 꼴이 보기 싫은 모양이었다.

교무실을 나서자마자 김모나가 잡아먹을 듯 노려봤다. 인간의 눈에서 들끓는 용암을 목격한 건 처음이었다. 함무라비 법전에 의거, 나도 최대한 눈에 힘을 주고 표정을 일그러뜨렸다. 하이에나에겐 체에 거르지 않은 초 강력분이 답이었다.

"뭐? 왜? 눈 고도 낮춰! 눈알까지 싹 다 뽑아버리기 전에!"

김모나 눈을 향해 최고의 악담을 투척하고 돌아섰다. 센 척할 때마다 호흡이 버거웠다. 사람이 스트레스로 죽을 수 있다는 걸 초딩 6학년 때 왕따를 당하면서 알게 됐다. 끔찍한 그때 기억이 다시 고개를 들었다.

현관에 들어서자 아빠가 먼저 눈인사를 건넸다. 눈꺼풀을 두 번 깜빡하는 건 기분이 좋다는 뜻이다. 노래, 안녕! 헛헛한 조음이 들리는 듯했다. 눈에 생기가 도는 걸 보면 푹 잘 잔 모양이었다.

「학교 다녀왔어?」

아빠는 눈으로 물었다. 새로운 언어를 습득 중인 은호 씨 곁으로 가서 시선을 맞췄다. 오늘도 엄마랑 알콩달콩 지냈느냐고 묻자 말갛게 웃었다. 엄마는 심장 정기 검진에 가고 없었다.

"별일 없었냐고 묻고 싶은 거지?"

두 번 깜빡. 한 번 만에 잘 통해서 좋았다. 아빠는 기다렸다는 듯 소파 위에 놓인 글자판으로 눈을 돌렸다. 피곤하지만 열심히 대화하기로 했다. 아빠에게 남은 시간은 아무도 알 수 없었다.

기역, 니은, 디귿, 리을, 미음, 비읍, 왜 이리 초성이 안 나오나 싶은 순간인데 '시옷'에서 두 번 깜빡. 아, 애, 야, 얘, 어, 에, 여, 예, 오, 와, 왜, 외, 우, 갑갑한 참인데 '우'에서 두 번 깜빡. 종성이 있는지 물어보지 않았지만, 첫 글자 '수'를 만들고 나서 바로 눈치챘다.

"수업 다 마치고 왔냐고?"

역시 두 번 깜빡. 천재급 잔머리에 뿌듯해지는 순간이었다. 7교시를 뺐다고 하자 아빠는 걱정스러운 표정으로 급변했다. 간호 때문에 수업 빼먹은 게 마음 아픈 듯했다. 창체는 시험 치는 교과가 아니니 괜찮다며 안심시켰다. 요즘 작은 자극에도 힘들어하는 아빠는 아기가 된 것 같다. 언니는 사람이 몸이 아프면 마음도 연약해지니 이해하라고 했다. 다행히 아빠 기분을 바꿔줄 아이디어가 떠올랐다. 현수막 사진! 의기양양하게 핸드폰 폴더를 열었다.

"이게 뭔 줄 알아? 아빠가 빵 굽던 자리에 걸린 현수막이야. 다들

은호 씨가 보고 싶은가 봐. 인기 짱! 대단해."

"흑흑흑."

아빠가 서럽게 울기 시작했다. 기뻐할 줄 알았는데 당황스러웠다. 사실 아빠는 본래 잘 웃고 잘 운다. 한 번은 공짜 빵 가져간 할머니가 용돈으로 쓰라며 꼬깃꼬깃 접은 천 원짜리 몇 장을 줬는데, 그 작은 일에도 눈물이 맺혔다. 진단명 '선천성 안습 과다증'을 앓고 있는 셈이다.

"왜 울어? 이 현수막은 아빠를 사랑한다는 뜻이야. 모르겠어?"

그래도 눈물이 그치지 않아서 다시 화제를 바꾸기로 했다. 김모나의 시비, 경위서, 수학 시간 졸음, 무엇 하나 떳떳하게 밝힐 게 없었다. 때마침 양송이버섯이 던진 떡밥이 떠올랐다.

"은호 씨, 좋은 소식이 있어! 개교 50주년 기념 음악제에 참여하는 우리 밴드 이름이 뭔지 알아? 놀라지 마. 꿀. 빵. 클. 럽."

좋아하는 키워드에 아빠 표정이 빛의 속도로 바뀌었다. 마치 울던 아기가 딸랑이를 흔들어 주면 웃는 것과 비슷한 이치였다. 17평 우주에서 홀로 시간을 되돌리고 있는 남자. 언니 말대로 아빠의 시간은 거꾸로 가는 중이다. 벤자민 프랭클린처럼… 지금 아빠의 시간이 어디쯤이든 기쁘게 해주고 싶었다.

"그때 부를 노래, 아빠에게 크리스마스 선물로 줄게. 내 노래 꼭 들어 줘. 열심히 준비할 테니까."

반죽과 팥앙금

"야, 야, 다른 조 준비한 것 봐! 장난 아니야. 목숨 걸었어!"

"그럼, 우리 조 수행 평가 점수 불리해지는 거야? 이건 아닌데!"

영어 영재 양송이의 오두방정을 과학 영재 김하늬가 반죽했다. 지금은 국어 시간, 다들 수행 평가 때문에 긴장 타는 중이다. 일주일 전에 국어 샘은 황동규 시인의 시 「즐거운 편지」를 설명하면서 조별 수행 평가 과제를 내줬다.

내 그대를 생각함은 항상 그대가 앉아 있는 배경에서 해가 지고 바람이 부는 일처럼 사소한 일일 것이나 언젠가 그대가 한없이 괴로움 속을 헤매일 때 오랫동안 전해 오던 그 사소함으로 그대를 불러보리라.

진실로 진실로 내가 그대를 사랑하는 까닭은 내 나의 사랑을 한없이 잇닿은 그 기다림으로 바꾸어버린 데 있었다. 밤이 들면서 골짜기엔 눈이 퍼붓기 시작했다. 내 사랑도 어디쯤에선 반드시 그칠 것을 믿는다. 다만 그때 내 기다림의 자세를 생각하는 것뿐이다. 그동안에 눈이 그치고 꽃이 피어나고 낙엽이 떨어지고 또 눈이 퍼붓고 할 것을 믿는다.

시를 다른 예술 매체로 바꾸라는 과제가 발표됐을 때 멘붕이 교실을 덮쳤다. 연극이나 드라마, 소설 또는 뮤지컬, 그림으로 표현해 보라는 건 방구석 예술가가 되라는 요구였다.

"야, 우리가 연극배우야? 화가야? 시나리오 작가야? 시를 시로 읽으면 되지 훼손할 건 뭐람!"

시 창작 동아리 회원 송정아는 귀차니즘을 시 사랑으로 포장하면서 분개했다.

"국어 샘 가을 타는데 왜 우리까지 끌어들여? 학교와 학원 숙제에 머리가 돌 지경인데 모여서 의논할 시간이나 있겠어?"

공부해도 좀체 성적이 오르지 않는 김민주가 혼자 바쁜 척 투덜댔다. 아이들은 저마다 불평을 늘어놓았지만, 심리적 시간은 6G와 손잡고 달려오고 말았다.

우리 조가 종이 인형극을 선택한 건 가성비 때문이었다. 결과 대비 시간과 노력이 효율성 최고로 보였다. 양송이는 소품, 고준영은 조명, 김하늬는 음향을 각각 담당했고, 남은 건 인형 등에 달린 실잡이 역할 뿐이었다. 차라리 다행이다 싶었다. 아빠 때문에 다른 건 뒤로 밀려나 있었다. 친구들이 역할을 배려해 줄 때 양심선언하려다 겨우 참았다. 아빠의 투병 소식으로 꿀빵 클럽을 위태롭게 만들긴 싫었다. 아이디어 회의 때는 김하늬가 이상한 의견을 내서 기절할 뻔했다.

"노래 아빠가 꿀빵 만드는 과정을 녹화해서 시에 나타난 기다림을 표현해 보면 어떨까?"

"어? 무, 무슨 소리야! 꿀빵이랑 기다림이 무슨 상관있어?"

초긴장한 몸에서 적색경보가 울렸다. 심상 박동과 식은땀은 신경전달 물질이 맺어준 단짝인 걸 그때 알았다. 어떤 사실 하나가 두려우면 세상 모든 화살표가 그 사실로 향하는 이치였다. 이번에도 화살표는 방심한 틈을 타 눈앞으로 날아들었다.

"기다림 끝에 먹는 꿀빵이라… 딱 좋은데? 일단 꿀빵 만드는 과정을 녹화해서 사계절 사진을 넣으면 어떨까? 우리 꿀빵 클럽 이미지를 성실의 아이콘으로 살릴 수 있으니 일거양득이지."

눈치라곤 1도 없는 양송이까지 거들고 나서자 패닉 상태에 빠질 뻔했다. 거짓말이 만천하에 탄로 난 것처럼 얼굴이 화끈거렸다.

"말도 안 돼. 너흰 꿀빵 생각밖에 없어? 우리 아빠 지금 사정상 꼼짝 못 해. 제발 시와 꿀빵은 연결하지 마. 대신 다른 걸 양보할게."

"다른 거 뭐?"

"밴드명 꿀빵 클럽, 동의해 줄게."

양송이가 내민 큰 패를 무마하기 위해 작은 패를 양보했다. 허언증 환자로 등극하기보다 얼굴 둥근 먹깨비로 소문나는 게 나아 보였다.

"그럴까? 사실 나, 녹화하러 갈 시간도 없어. 며칠 후에 텝스 시험 있거든. 성적 안 나오면 엄마한테 쫓겨날지도 몰라. 가성비 좋은 인형극 어때?"

타협점을 찾긴 했지만, 허언증 환자가 별명이 되는 상상에 아찔했다. 허언증 환자 이노래… 허언증 환자 이노래… 어디선가 수근대는 환청이 들려왔다.

첫 순서로 뽑힌 김모나가 조원들을 이끌고 나섰다. 교실 문을 박차며 나가고 싶었지만, 무단결과 처리되지 않으려고 버텼다.

"우리는 시를 파스넷 크레파스로 표현할 거예요. 시를 낭송하다 보니 그리움이 파스넷 크레파스 질감과 닮은 느낌을 받았습니다."

조원 둘이 전자 칠판에 백지를 붙이는 동안 김모나는 티엠아이를 남발했다. 고뇌 끝에 얻은 예술적 영감처럼 조작하는 꼴이 가관이었다.

먼저 김모나가 백지 위에 해가 지고 바람이 부는 풍경을 그렸다. 다음은 백은서가 그린 여인의 실루엣. 고개를 숙인 쓸쓸한 모습이었다. 그다음 순서인 정현우는 여인을 부르는 남자를 그렸다. 단순화로 그려진 남자 얼굴이 고독해 보였다. 최승원이 남자 그림 옆에 '기다림~ ing'이라고 썼다. 마지막 순서 강시은이 눈이 퍼붓는 장면을 그렸다. 감성이 예사롭지 않았다. 당황스러웠다. 누군가를 그리워해 본 사람의 감성과 눈꼬리 고도는 하나가 될 수 없었다. 아닐 거라며 고개를 저었다.

다시 두 번째 백지를 붙인 김모나는 꽃이 피는 장면을 그렸다. 하얀 전지 위에 피어난 빨간 꽃이 예뻤다. 백은서 손끝에서 낙엽이 흩날렸다. 정현우 손끝에서는 눈이 퍼부었다. 최승원은 이번에도 '기다림~ ing'이라고 써놓았다. 그림 속 남자는 눈을 맞으며 계속 누군가를 기다렸다. 강시은이 남자의 어두운 그림자를 그려 넣었다. 문득 남자의 외로움이 느껴졌다. 남자가 기다리는 여자가 빨리 와주었으면 싶었다.

화가 지망생 강시은이 같은 조가 된 건 김모나에게 행운이었다. 남에게 상처만 줘도 행운은 올 수 있고, 선하게 살아도 불행은 깃들 수 있다니 인생은 함무라비 법전과는 달라 보였다.

"1조는 감성이 물씬 느껴지네. 시에서 표현하려는 정서가 잘 전달됐어. 너희들의 아름다운 시심을 본 것 같아. 그런데, 파스넷 크레파스 그림이 정말 김모나 아이디어야?"

국어 샘의 칭찬과 시선이 자기에게로 향하자 김모나는 눈꼬리를 확 내리며 청순 포커페이스를 만들었다.

"과제 내주셨을 때부터 파스넷 크레파스 그림이 떠올랐어요. 언젠가 창작 시집을 발간하게 되면 파스넷 크레파스 삽화를 직접 그리려고요."

"와, 모나가 시도 써? 정말 다재다능하구나."

"얼마 전에 시 창작 동아리에 가입했어요."

머릿속 뉴런은 베이킹파우더를 뿌린 공갈빵처럼 부풀어 올랐다. 시 창작 동아리까지 접수했다면 노래 듀엣에 이어 2인 공동시집이 제작될 상황이었다. 남사친을 남친으로 만들려는 수작에 열이 얼굴을 덮쳤다. 송준서와의 친밀도와 김모나와의 갈등은 정비례 관계여서 조용히 살려면 답은 하나밖에 없었다. 둘과의 손절….

얼떨결에 우리 조 발표가 시작됐다. 제작 가구점을 운영하는 고준영 아빠가 DIY 무대를 만들어 줬는데, 소품 담당 양송이가 간이 커튼까지 달아 놓았다. 아이들은 구경 나선 시골 꼬마들처럼 기대에 찼다.

빨간색 종이 해가 서쪽으로 기울다가 무대 뒤편으로 사라졌다. 여자 인형이 나타나 의자에 앉았다. 인형 머리 뒤에 고정한 양모 실을 내가 잡았다. 여자 인형이 중앙으로 걸어 나왔다. 얇은 종이로 만든 팔다리가 대롱대롱 흔들렸다. 내 오른손에 이끌린 남자 인형이 무대에 등장하자 여자 인형이 몸을 돌려 무대 밖으로 나갔다. 남자 인형은 혼자 남겨졌다. 김하늬가 때맞춰 바람 소리를 내보내자 양송이가 뿌린 스티로폼 눈이 DIY 무대에 흩날렸다. 이윽고 눈이 그치고 꽃 그림이 등장해 무대 배경을 채웠다. 다시 꽃이 지고, 바람이 불고, 스티로폼 눈이 내렸다. 계절이 바뀌어도 남자 인형은 그대로 서서 팔다리를 대롱대롱 흔들었다. 아이들이 까르르 웃었다.

"두꺼운 마분지로 만들어야지, 저게 뭐야. 꼭 바보 같잖아. 크크."

스티로폼 가루가 목에 들어갔는지 이상하게 목이 아팠다. 남자 종이 인형이 스티로폼 눈을 맞는데 왜 내가 추운 건지 모를 일이었다.

"쉿! 조용히 따라와."

등교하자마자 김하늬가 납치하듯 팔을 낚아챘다. 동작은 조용했지만 팔을 잡은 손에 힘이 꽉 들어 있었다. 붙들려 나오면서 돌아보니 교실 분위기가 사바나 벌판처럼 살벌했다. 흘끔흘끔 내 눈치를 살피는가 하면 둘씩 셋씩 귓속말도 나눴다. 양송이는 안 보이고 팔짱 낀 김모나 혼자 피식거렸다. 초딩 6학년의 악몽이 떠올라 아찔했다. 졸업을 앞둔 2월에 먼 거리의 송내 초등학교로 환경 전학을 감행했고 낯선 중학교로 진학했었다. 왕따 당한 경험이 어제 일처럼 소환됐다.

사람 없는 5층으로 데려간 하늬 얼굴이 심각해 보였다. 불길한 예감이 스쳤다. 김모나가 또 무슨 일 벌인 거냐고 다짜고짜 캐물었다.

"노래야, 놀라지 말고 들어."

"뭐야? 말해, 얼른!"

"나도 학원 마치고 새벽 한 시 넘어서야 봤어. 아무래도 김모나가 똘마니를 충동질해서 인스타그램에 네 얘길 올린 것 같아."

"무슨 얘기?"

"전교생이 거의 다 본 것 같아서 일부러 캡처해 뒀어."

둥둥, 무지막지하게 큰 북의 파동이 심장을 흔들었다. 송준서가 사과 DM을 보내왔을 때 비공개로 전환한 뒤 인스타그램에 접속하지 않아서 까맣게 몰랐다. 손이 덜덜 떨렸다. 하늬가 캡처한 화면을 내밀었다. 댓글 창에 달린 말들은… 더러운 말들… 쓰레기 같은 말들….

ㄴ 아빠 엄마가 귀○○○에다 벙○○? 오후 11:54

ㄴ 하, 진심 불쌍한 애네. 오전 12:01

ㄴ 가난하고 늙은 ○애인 부모라고? 흙수저로 모자라 이건 뭐, 진흙탕 수저? 오전 12:09

ㄴ 어버버버 어버버, 두 마디로 대화가 다 되는 거임? 효율 쩌네. 오전 12:12

ㄴ 그동안 뭘 믿고 나댄 거래? 쩌리 주제에 그냥 짜져 있지. 오전 12:23

ㄴ 잘나가는 애들 옆에 붙어있으니까 자기도 인싸라고 착각한 듯. 오전 01:15

ㄴ 우등생 둘에게 묻어가는 주제에 겁 없이 까불었던 거지. 오전 01:21

ㄴ 찐 불우이웃이 바로 내 옆에 있었다니 ㅠㅠ 불쌍해서 어쩔! 오전 01:29

"김모나, 가만 안 둘 거야! 사이버 폭력으로 당장 신고해야겠어!"

다짜고짜 교실로 달려가려는데 하늬가 급히 붙들었다. 물속으로 빨려든 듯 감각이 둔해지고 있었다.

"이거 놔, 더는 못 참아! 왜 막아? 네가 내 맘을 알아?"

초라해지지 않기 위한 상황 대처 방식은 성질부리는 것뿐이었다. 김하늬 눈에 염려가 가득 고였다. 아빠 투병 사실까지 알면 충격받을 테고, 우리 사이의 교집합은 깨지고 말 터였다. 그땐 허접한 개그나 투덜거림, 헛소리나 시비도 통하지 않을 것이다.

"심증은 있지만, 물증이 없어. 일부러 네 부모님에 대해 퍼뜨렸을 거고 그걸 똘마니 하나가 익명으로 올렸겠지. 일부만 캡처한 거야. 수백 개의 댓글이 달렸는데 모두 학폭으로 신고할 거야?"

"그래도 가족 저격은 선 넘었지! 김모나 머리털 다 뽑아 놓고 전교생 다 신고할 거야! 말리지 마!"

"노래야, 제발 침착해! 지금 교실 가서 싸우면 피해는 고스란히 네 몫이야. 핸드폰 제출 전인데 싸우는 모습 찍혀서 인스타그램에 떠다니면 어떡해? 일단 담임한테 알리고 이성적으로 대응하자."

"아냐, 하이에나는 벌을 받아야 해. 그래야 정신 차려. 우리 아빠가 어떻게 살아왔는데…."

분노조절장애 환자처럼 울부짖었다. 눈에 아무것도 보이지 않고 귀에 아무것도 들리지 않았다. 학폭 신고로 터질 엄마 심장도 느껴지지 않았다.

"학폭 대책 회의 개최하려면 부모님 동의가 필요…."

충고하는 하늬 소리 따위 잘라먹고 교실로 내달렸다. 뚝뚝, 피 흘리는 마음이 너무 아팠다. 눈꺼풀을 3배속으로 깜빡여도 시야는 이내 뿌옇게 흐려졌다.

"김모나 어딨어!"

"화장실 갔는데, 왜?"

똘마니들이 가소롭다는 듯 이죽거렸다. 다시 화장실로 내달렸다. 칸마다 문을 벌컥벌컥 열어젖혔다. 잠긴 문은 주먹으로 쾅쾅 두들겼다. 좌변기에 앉아 있던 아이들이 놀라 소리 지르고, 세면대 앞에 있던 아이들은 충격에 휩싸인 듯 웅성댔다. 화장실 앞을 지나가던 아이들은 자기 입을 틀어막았다.

"김모나, 어딨어! 그만 똥 끊고 나와! 빨리 나오라고!"

맨 안쪽 화장실 문이 벌컥 열리면서 눈꼬리 올라간 면상이 나타났다.

"야, 빵탱이. 무식하게 왜 이래? 너 정말 분노조절장애구나."

"나쁜 계집애!"

왈칵 달려들어 똥 머리를 낚아챘다. 김모나의 고개가 뒤로 확 꺾였다. 있는 힘을 다해 머리카락을 잡아당겼다. 비명을 지르던 김모나는 못 참겠는지 내 짧은 머리카락을 맞잡아 뜯기 시작했다. 맞불 공격에 별이 번쩍였지만, 똥 머리를 더 세게 당겼다. 지지직, 지지직, 머릿속에서 고장 난 무전기 소리가 났다. 장애인, 진흙탕 수저, 벙어리, 귀머거리, 어버버버, 불우이웃, 인싸 흉내내는 찌리… 숨통을 끊을 때까지 물고 늘어지는 김모나는 하이에나가 분명했다.

"야, 씨팔!"

이리저리 목이 꺾이던 김모나가 쌍욕을 발사했다. 그러든 말든

풀어 헤쳐진 긴 머리를 인정사정없이 휘감았다. 기다렸다는 듯 김모나 똘마니들이 핸드폰으로 내 모습을 찍어댔다. 계획된 자작극이라 더 분노가 치밀었다.

"노래야, 모나야, 이러지 마. 둘 다 왜 이래?"

"그래, 폭력은 안 돼! 제발!"

놀라서 달려온 양송이가 뜯어말렸고 옆에 선 김하늬는 울먹였다.

"놔! 놓으라고! 김모나 죽여버릴 거야!"

친구들이 둘을 떼놓으며 가쁜 숨을 몰아쉬었다. 귀신 머리 된 김모나와 번개 머리 된 난 서로 노려보며 대치했다. 눈앞이 잔뜩 흐려졌다. 안개를 걷어 내려고 눈꺼풀 가속 페달을 밟았다. 화장실 밖에는 어느새 남학생들까지 우르르 몰려들었다. 재밌는 구경거리라도 생긴 듯 흥미진진한 표정들이 끔찍했다.

그런데 아! 하얗게 질린 얼굴 하나. 툭, 머리보다 심장이 먼저 반응했다. 송준서의 눈과 마주쳤을 때, 꿈이 아닐까 봐 무서웠다. 학생부장 샘이 달려와 큰소리로 나무랐지만, 음이 소거된 느린 영상처럼 보였다. 아빠 엄마의 세계로 들어온 듯했다. 환경 전학 사실을 일 년 만에 고백했을 때, 양송이와 김하늬는 여학생이라면 왕따는 누구나 한 번쯤 겪는다며 가볍게 응수했다. 하지만 둘이 모르는 게 있었다. 여학생이라면 누구나 한 번쯤 겪는 일이지만 트라우마의 강도와 깊이는 다르다는 걸.

학생부장 샘을 따라 교무실로 갈 때 단어 하나가 뼈를 때렸다. 싸움을 구경하던 아이 중 누군가 뱉은 단어였다. 폭력배.

학폭 담당 샘에게 넘겨져 경위서를 썼다. 김모나는 사이버 폭력이고 나는 신체 폭력이라 쌍방 폭행이지만, 김모나가 발뺌한다면 혼자 뒤집어쓸 수도 있었다. 김모나 머리채를 잡아챈 짤이 인스타그램에 돌고 있을 터였다. 가만히 생각해 보면 아이들의 댓글이 틀린 말은 아니었다. 아빠 엄마 농인이니까 장애인 맞고, 생계를 걱정하니까 진흙탕 수저 맞고, 잘사는 애들에겐 불우이웃이었다. 부모님이 청각 장애인이라는 사실을 퍼뜨린 건 허위사실 유포죄도 명예훼손죄도 아니었다. 손은 덜덜 떨리는데 할 수 있는 게 아무것도 없었다. 학폭 담당 샘의 말이 녹음기처럼 재생됐다.

"학부모 간 서로 합의가 안 되면 학교 폭력 전담 기구로 바로 넘겨질 거야."

엄마 심장 충격과 아빠 생명 단축은 상상만으로 끔찍했다. 스트레스가 건강을 갉아먹을 터였다.

"하늬 너까지 수업 늦겠어. 어서 들어가. 나 경위서 더 써야 해."

"혼자 괜찮겠어?"

안쓰러운지 하늬는 돌아보며 느린 걸음을 옮겼다. 자기의 제보 때문에 싸움이 일어났다며 자책하는 친구. 가면이라고 의심했던 시간이 미안했다. 아무래도 난 주변 사람들을 힘들게 만드는 인간인 것 같았다. 이런 모습으로는 도저히 노래할 수 없다는 절망이 몰려왔다. 기념 음악제 무대에 선 나를 보면 다들 폭력배라고 비웃을 터였다. 먹깨비로 모자라 폭력배까지 된 주제에 깨끗하게 노래하기는 불가능해 보였다. 더러운 그릇에서 흘러나오는 노래 역시 더러울 테니까.

집에 들어서자마자 역한 냄새가 훅 끼쳐왔다. 방금 아빠 기저귀를 갈아 준 모양이었다. 집에 들어오면 항상 냄새가 배어 있어 문부터 열어놓곤 한다. 다행히 햇볕이 따뜻해서 환기하기에는 좋은 날씨였다. 베란다 문을 활짝 열면서 짐짓 연극배우처럼 대사를 읊었다.

"은호 씨, 갑갑하지?"

10월 들어 아빠는 먹는 게 더 줄었다. 코 튜브로 미음만 섭취하는데 설사도 하고 구토도 한다. 과학 시간을 인용하자면, 미음은 소화되지 못한 채 췌장액과 담즙, 장액에 섞여 직장 밖으로 속수무책 흘러나온 거다. 기저귀를 자주 갈아주는데도 거실에 밴 냄새는 없어지지 않는다.

교복에 냄새가 밸까 봐 얼른 사복으로 바꿔 입었다. 교복에서 냄새난다는 소문이 퍼지는 순간, 전따가 되는 건 시간문제다. 그동안, 7교시 빼고 조퇴하는 이유를 밝히겠다던 협박이 꼬리를 물고 따라다녔다. 가끔은 그따위 협박을 두려워하는 내가 똥 냄새보다 더 역겨웠다.

욕창 방지를 위해 아빠 몸을 돌려주는데 야윈 팔다리가 대롱대롱 흔들렸다. 국어 시간 인형극 속 남자 종이 인형 같았다. 여름이 가고 어느새 가을이 찾아와 바람이 불고 있어도 아빠의 팔다리는 여전히 흔들거리고 있다. 가을이 깊어지면 낙엽이 흩날리고, 그 위에 하얀 눈이 내리고, 또다시 꽃이 피고, 꽃이 질 때까지 아빠를 볼 수 있을지 아득했다. 황동규 시인의 「즐거운 편지」처럼 그때까지. 해가 지고 바람이 부는 사소한 일처럼 언제까지나 아빠를 부르고 싶었다.

"외흐 나허진 하 그허"

안방에서 엄마가 나오면서 주먹으로 자기 가슴을 쳤다. 심장에 충격을 줄까 봐 움찔했다. 학부모 상담 카카오 채널로 담임 샘과 톡을 나눈 게 분명했다. 엄마 손이 바삐 움직였다.

「친구를 왜 때려! 놀리면 말로 해결해야지. 네가 깡패야?」

반사적으로 아빠 얼굴로 고개를 돌렸다. 충격으로 눈 주위가 벌겋게 변하고 있었다. 목구멍에 뜨거운 게 출렁였지만, 꿀꺽 삼켰다.

"엄마 아빠에겐 미안하지만, 후회 안 해. 걘 정말 나쁜 애야. 맞아야 해."

「그 애가 도대체 뭐라고 놀린 거야?」

"그냥 그런 게 있어. 몰라도 돼."

상심한 두 사람에게 막말을 던지고 밖으로 뛰쳐나왔다. 쾅! 현관문을 거칠게 닫을 때 명치 끝이 지독하게 아팠다. 엄마의 헛헛한 목소리 환청이 동네 네거리까지 따라붙었다. 인스타그램 사건을 해결할 방법이 보이지 않았다. 투병하는 아빠에게도, 힘 다해 간호하는 엄마에게도, 우리 집 가장이 된 언니에게도 너무 미안한데 내가 할 수 있는 건 아무것도 없었다. 미치지 않기 위해 뭐라도 해야 한다면, 꿀빵 레시피 3번을 찾아 열어보는 것뿐이었다. 2번 미션을 수행하지 못한 계약 위반자지만 어쩔 수 없었다.

"너, 노래 맞지?"

버스에서 내리자마자 바짝 다가선 어깨에 화들짝 놀랐다. 만나려고 했던 고현심 할머니였다. 볼 때마다 한쪽으로 훅 기울어진 어깨 때문에 놀라곤 한다. 할머니 이름은 '고현심'이지만 다들 '꼽추 할머니' 혹은 '고 할머니'로 부른다.

"꼽, 하, 할머니!"

하마터면 수습 불가 상황 될 뻔했다. 놀란 나머지 순발력이 떨어졌다. 문득 아빠를 '벙어리'라고 불렀던 김모나가 떠오르자 고 할머니에게 미안했다.

고 할머니는 화창한 날이면 송내로 64길에 나와 앉아 햇볕을 쬔다. 왼쪽 어깨가 심하게 굽은 건, 젊어서 알코올 중독 남편에게 맞아서라고 했다. 홀로 사는 할머니를 사람들이 놀린다며 아빠가 속상해했지만, 난 매번 공짜 빵을 당연한 듯 받는 모습이 싫었다. 아빠가 덤으로 한 개를 더 주면 한 개만 더 달라며 뻔뻔하게 요구한 적도 많았다. 그럼, 바보 같은 아빠는 웃으며 두 배의 덤을 건넸다.

"네 아빠 요즘 왜 안 나와? 9월부턴 여기서 다시 빵 굽는다고 나랑 약속했거든. 수원이도 모른다고 하고."

친할머니라도 되는 양 역정 내는 모습에 기가 막혔다. 손님들이 줄 서 있을 때도 빵 먼저 받겠다고 애처럼 굴더니 심통은 여전했다.

"아빠가 아파요."

"은호 씨가 아파? 어디 아파? 많이 아파? 왜 아파? 죽을병은 아니지? 그렇지?"

고 할머니, 사람 당황하게 만드는 재주를 가졌다. 죽음 앞에 있는 사람에게 죽을병인지 확인하려 들다니, 상황 반응 공식이 떠오르지 않았다.

"은호 씨가 얼마나 보고 싶은지 알아? 전화해도 안 받지, 소식 들려주는 사람도 없지. 답답해서 미칠 뻔했어. 나한테는 알려줬어야지. 무심해! 내 마음도 모르고. 나 생각해주는 사람은 벙어리 은호 씨뿐인데."

고 할머니는 눈물까지 쏟으며 하소연을 늘어놓았다. 투병 중인 사람에게 자기연민이나 쏟아내다니, 인간은 지독하게 이기적이었다. 모든 감정의 중심에 서 있는 나, 나, 나! 내 감정을 뒤로하고 객관적으로 바라보고 싶지만, 쉽지 않다는 걸 난 알고 있다. 말 한마디 참아내기가 전교 1등 탈환보다 더 어렵단 사실까지도. 그래도 꿀빵 레시피 3번을 열어보려면 고 할머니의 협조가 필요했다. 태연한 척 말을 걸었다.

"할머니. 우리 아빠가 맡긴 쪽지 갖고 있죠?"

"쪽지? 아, 그래. 은호 씨가 지난여름에 나한테 맡겼어. 중요한 것 같아서 서랍 깊숙이 넣어 뒀지. 언젠가 막내딸이 찾으러 올 수도 있다고 했어. 그럼, 우리 집에 같이 가볼 테야?"

송내로 64길 모퉁이, 고 할머니의 쪽방은 골목 안 깊숙한 곳에 있었다. 골목길로 바로 뚫린 허술한 유리문이 출입구였다. 쪽방은 낮고 어두운 데다 퀴퀴한 냄새까지 났다. 밖에서 햇볕을 쬐는 이유를 알 것 같았다. 고 할머니는 눈에 좋다며 결명자 물 한 잔을 건넸다. 귀퉁이가 떨어져 나간 서랍장 하나, 이부자리 한 채, 덮개가 없어 먼지가 수북한 선풍기 한 대, 브라운관이 불룩한 구식 텔레비전, 누렇게 변한 소형 냉장고가 질서 없이 놓여 있었다.

"쪽지 안에 뭐가 쓰였는지 궁금해도 안 열어봤어. 은호 씨와 약속 지키려고."

끙끙대며 서랍장으로 다가간 고 할머니는 맨 아래 칸에서 비닐 팩을 꺼냈다. 3번 레시피 쪽지는 가지런히 접힌 채 그 안에 들어 있었다. 전해주려던 손을 잠깐 멈추고 고 할머니는 의심스러운 눈으로 물었다.

"2번 과제 다했어? 은호 씨가 그거 확인하고 쪽지 주라고 했거든."

"…네네. 그럼요."

건성으로 대답하며 비닐 팩을 뺏다시피 받았다. 2차 계약 위반이었다.

3

납작하게 눌러준 반죽 위에 둥글게 만든 팥앙금을 얹고 헤라로 밀어 넣어줘. 반대편 손으로는 반죽을 끌어올리며 팥앙금을 완전히 감싸 이음새를 붙여줘야 해. 감싸 안아주는 것! 정말 중요해.

노래야, 지금 힘들어도 주변 사람들의 허물을 감싸줄 수 있겠니?

그렇다면 4번 쪽지로 넘어가도 좋아.

➔ 4번 레시피는 목요일 오후 에바다 농인 교회 3층에서 찾으렴.

(선물 쿠폰이 바로 눈앞에 있어. 힘내! ㅋㅋ)

매번 이런 식이다. 아빠의 과한 도덕성에 기가 막혔다. 한문 샘이 강조했던 사자성어 '과유불급'의 좋은 예로 충분했다. 폭력배로 만든 인간을 품어주라는 건 도리어 인격 폭력에 가까웠다. 팥앙금이 꿀빵의 핵심이라면, 김모나 따위가 내 삶에 핵심이 될 수는 없었다. 또 폭력배 주제에 누군가를 품는다는 것도 웃기는 일이었다. 혈연의 정에 끌린 나머지 아빠는 딸의 인격을 과대평가하고 있었다. 답답한 마음에 한숨만 내쉬며 고개를 푹 꺾었다.

"왜 그래? 은호 씨가 쪽지에 뭐라고 써놨길래 표정이 심란해진 거야?"

굽은 어깨로 다가앉으며 고 할머니가 걱정스러운 눈길을 보냈다. 그제야 할머니의 깊은 눈동자와 앙증맞은 코, 선이 고운 입술과 주름 속 하얀 피부가 눈에 들어왔다. 문득 사랑스러운 얼굴이란 걸 발견했다. 꼽추 이미지에 묻혀 있던 사랑스러운 얼굴… 문득 물어보고 싶었다.

"할머니는 혹시 죽도록 미운 사람을 품어본 적 있어요?"

"죽도록 미운 사람?"

고 할머니는 아스라한 눈을 뜨더니 가볍게 들이켠 숨을 다시 길게 내뱉었다.

"먼저 죽은 남편이지 뭐. 내 어깨를 불구로 만든 사람이니까. 평생 참 날 힘들게 했지. 죽이고 싶을 만큼 미웠어. 그래도… 죽고 나서는 용서했어."

"왜요?"

"왜냐고? 사람을 미워하는 것만큼 힘든 일도 없더라고. 미움의 지옥에서 해방되고 싶었나 봐. 용서하고 나니까 소화도 잘되고 잠도 잘 오더라고. 생각해 보면 남편도 불쌍한 인간이거든. 어릴 때부터 부모에게 매 맞고 자란 사람이었어. 갈등 해결 방법을 몰라서 폭력으로만 풀려고 했지."

"그래서 폭력을 이해한다는 뜻이에요? 내 마음 편하려고 하는 게 용서예요? 말도 안 돼요."

"난 평생 그 사람을 내 남편으로만 봤어. 그 사람 인생 전체를 보는 눈이 없었던 거지. 인생을 이해하지 못하니까 행동 하나하나가 다 원망스러웠어. 그러다 보니 지적질하고 맞붙어 싸우고 대들었던 거야. 화를 참지 못한 그 사람은 결국 폭력까지 썼고. 일방적으로 당해도 된다는 얘기가 아니야. 내가 부족했던 부분도 있었단 얘기지."

설마 김모나도 갈등 해결 방법을 몰라서 하이에나가 됐다고 믿고 싶지 않았다. 자랑질로 가득한 김모나 인생 어디에도 불쌍한 지점은 없어 보였다. 내가 아는 한 그 애의 인생은 쓴맛 한 번 느낀 적 없는 부잣집 외동딸, 지독한 나르시시스트일 뿐이었다.

"돌아가신 할아버지는 할머니에게 용서도 구하지 않았잖아요. 그런데 어떻게 용서가 돼요?"

"용서 구하는 사람을 용서하는 게 뭐 어려운 일인가? 그건 진짜 용서가 아니지. 용서는 쉽지 않은 일이야. 용기와 결단이 필요해."

미움의 고리를 먼저 끊어야 하고, 결국 희생의 대가를 치러야 한다는 뜻이었다. 자존심을 구기든지, 만만하게 보이든지 인생 스크래치를 각오하지 않으면 안 될 일이었다.

"만약 미운 사람을 끝까지 용서하지 않으면 어떻게 될까요?"

"음… 뭐, 미움의 감옥에 갇혀 살겠지. 왜, 노래 너도 죽도록 미운 사람이 생긴 거야? 그 마음 그대로 두면 병 돼."

고 할머니의 시선은 쪽방의 작은 창으로 옮겨졌다. 창을 투과한 희미한 빛이 할머니의 굽은 어깨를 비추었다. 아련해진 할머니의 시선은 아주 많은 얘길 담고 있었다. 한 번에 다 풀어낼 수 없는 스토리 같았다.

난 그동안 놓치고 있었다. 공갈빵이라고 믿었던 고 할머니야말로 훌륭한 꿀빵이라는 걸. 꿀빵인 척해온 나는 팥앙금을 품을 수 없으니 공갈빵이란 얘기였다. 엄마 아빠에게 돌아가 오늘 일을 어떻게 설명해야 할지 머릿속이 뒤죽박죽 반죽이었다.

그래도 다시 일어났다. 언제나처럼 연민 카드를 꺼내 아빠의 눈물샘과 엄마의 심장을 달래줘야 했다. 고 할머니에게 레시피 3번을 다시 맡겨 놓고 나와서 송내로 64길을 성큼성큼 걸었다.

"어젯밤 인스타그램에서 캡처한 거야."

김하늬가 내민 핸드폰에 바짝 긴장했지만, 말간 눈동자가 나쁜 내용이 아니라고 신호를 보냈다. 눈에 붙어 있던 아침잠이 확 달아났다.

"익명으로 돼 있어서 누가 올린 건지 모르겠어. 그런데 선플이 많이 달렸어."

ㄴ 장애의 유무, 재산의 정도, 직업의 종류에 따라 등급을 나누고 조롱하는 건 악의적인 행동 같아. 다들 '나비효과'라는 용어 들어봤니? 무심코 던진 말 한마디, 재미로 단 악플 하나가 누군가에게는 엄청난 상처로 남는다는 것. 학폭 처벌보다 양심의 처벌을 두려워하면 좋겠어. 참고로 난 송내중 3학년 남학생이야.

"혹시 이 글, 송준서가 올린 거 아닐까? 왠지 느낌이 그래."

김하늬가 짐작했을 뿐인데 심장이 콩닥거렸다. 남모르게 응원해준 그 애가 송준서라면… 적절한 대처 방안이 떠오르지 않았다. 맞는다고 해도 달은 이미 먼 궤도로 가버렸다. 뻘쭘해서 괜히, 엎드린 양송이를 흔들어 깨웠다.

"야, 양송이. 누가 독 뿌렸어? 왜 아침부터 쓰러져 있어?"

"아침에 엄마가 뭐라는 줄 알아? 기념 음악제 오디션에 떨어지면 집에 들어오지도 말래. 동네 창피하다고. 진짜 기막혀."

겨우 고개를 든 양송이가 하소연을 늘어놓았다. 엄마의 스파르타식 훈육이 지긋지긋하다며 혀까지 찼다. 송준서가 화제의 중심에서 배경으로 밀려나자 마음이 편안해졌다.

"우리 엄마 아빠도 음악제 꼭 참석할 거래. 에고, 나도 첼로 연습해야겠어. 참, 그날 노래 부모님도 오시지?"

양송이 하소연에 맞장구치는가 싶었는데 뜻밖에 날아온 김하늬의 질문. 숨어 있던 화살이 또 두려운 사실 하나를 겨누었다.

"바빠서… 잘 모르겠어. 온다 해도 어차피…."

불쌍해 보였는지 둘의 얼굴은 안쓰러운 표정으로 바뀌었다. 아빠가 투병 중이라고 고백한다면 기념 음악제에서 발을 빼고 아빠에게만 집중하라고 충고할 터였다. 생각에 잠겼던 김하늬가 진지한 목소리로 말했다.

"노래 부모님이 우리 노래를 들을 수 없다면 시각을 활성화해볼까?"

"시각 활성화? 그게 뭐야?"

처음 듣는 용어에 꼴깍, 침까지 삼킨 양송이가 반문했다.

"단순한 원리야. 소리와 영상을 연동하는 거지. 따뜻한 노래면 서정적인 풍경을, 신나는 노래면 즐거운 장면을 무대 영상으로 띄우는 거야. 축제 담당 샘에게 제안하면 되지 않을까? 영상 아래쪽에 노래 가사까지 띄우면 더 좋고."

"캬! 그거, 참 기특한 아이디어네. 좋아! 바로 추진하자."

앞뒤 없는 양송이, 하이 파이브로 성급한 티를 냈다. 고마운 배려지만 학교에서 엄마 아빠만을 위해 프로그램을 마련하는 건 역대급 민폐 같았다.

"앞서가지 말고 제발 연습이나 하자."

괜히 투덜대자 성질 좀 그만 부리라며 둘은 눈을 부라렸다. 둘과 나 사이에 유치한 행동이 강화되자 맘이 조금 편안해졌다.

"어머, 저기 송준서 아냐?"

양송이가 흥분하며 한 곳을 가리켰다. 결정적인 단서를 발견한 형사 같았다. 나도 반사적으로 고개를 돌렸다. 벚나무 벤치에 송준서와 나란히 앉은 건 김모나였다. 여친이 뭐라고 속삭이자 듣고 있던 남친은 고개를 끄덕여주는… 틀림없는 연인이었다.

"아! 이노래 인생 최대 위기구나. 어떡해?"

양송이버섯은 영양가 하나 없는 위로를 건넸다. 김하늬는 걱정스러운 눈으로 내 안색을 살폈다. 인스타그램 사건 이후 나를 민감하게 살피던 하늬였다. 요즘 내 편이 돼서 김모나를 차갑게 대하는 태도가 눈물 나게 고마웠다.

김모나 부모님도 엄마 아빠도 쌍방 폭행이라 여겨 학교 폭력 대책 위원회 개최를 원치 않았다. 서면 사과하고 담임 훈화로 끝났다. 하지만 서로 시뻘건 적개심을 감춰두고 있다. 나도 언니의 압력에 못 이겨 네다섯 줄 사과문을 긁적였을 뿐이다. 애초에 피해자 연기하려던 김모나의 계획은 강한 내 신체 공격에 맞공격하면서 물거품이 돼버렸다. 인스타그램에 익명으로 저격 글 올린 아이와 악플 단 아이들은 경찰 신고가 되지 않은 바에야 학교에서 손을 댈 수 없었다.

"위기는 무슨! 언제 내가 송준서랑 사귀었어? 그냥 남사친이었어. 김모나도 나한텐 투명인간일 뿐이야. 다시는 둘 얘기 꺼내지 마."

"그렇다면 상관없는 일이란 걸 증명해 줘. 기념 음악제 오디션에 참가한다면 믿을게. 쌍방 폭행인데 김모나는 참가하고 넌 왜 못

해? 노래야, 제발!"

기회를 포착하자마자 오디션 참여를 종용하는 양송이버섯. 학폭 사건 이후 눈에 띄기 싫은 마음과 노래하고 싶은 마음이 치열하게 싸우고 있었다.

"시간을 좀 줘. 고민해볼게."

낯선 아이 둘이 경멸 어린 시선으로 흘깃거리며 지나갔다. 서로 귓속말까지 주고받았다. 학폭 이후 내 주변에 생긴 일상 풍경이었다. 무덤덤해지는 면역 주사가 있으면 싶었다. 그럼 남 눈치 따위, 트라우마 따위 내던질 수 있을 터였다.

기념 음악제 예선이 코앞이라 어서 참가 여부를 결정해야 했다. 그런데 기운이 하나도 없었다. 먹고 힘낼 아빠 꿀빵이 지독하게 그리웠다.

추적추적 가을비 내리는 점심시간에 혼자라니, 초라한 그림이었다. 양송이와 김하늬는 각각 외국어고와 과학고 입시 설명회에 가고 혼자 여기저기 어슬렁거렸다. 둘이 없으니 교실에서 말 걸어주는 아이도 없었다. 5층에서 송준서의 시를 피해 시선을 돌리다가 상담실 팻말을 보게 됐다. 왕따 당한 아이로 보일까 봐 방문한 적 없었는데, 불현듯 신입생 때 OT가 떠올랐다. 위클래스 홍보에 나선 상담 샘은 자신 있게 말했었다.

"누구나 상담받을 일이 있어요. 내 얘기가 여러분에게 해당한다면 상담받을 일이 있다는 뜻이에요."

제발 해당 사항이 없기를 바라면서 신입생들은 토끼처럼 귀를 세웠다. 긴장한 아이들 얼굴을 보고 빙긋 웃던 상담 샘은 말을 이었다.

"'내일 아침 일어났을 때 이것 하나만은 바뀌어 있으면 좋겠다'라는 소원이 떠오른다면 상담받을 일이 있는 거예요."

그때 아빠 엄마를 바로 떠올렸다. 내일 아침 일어났을 때 아빠 엄마의 귀가 열리고 혀가 풀려 들을 수 있고 말할 수 있다면… 하지만 소용없다는 생각에 피식 웃고 말았다. 어차피 바뀔 수 없는 일인데 상담받으면 뭐 하나 싶었다. 차라리 아르바이트해서 화상 통화 기능 최상급 핸드폰을 선물하는 게 나아 보였다.

"만약 내일 아침 무언가 바뀌어 있기를 원하는 사람은 언제든 상담실로 와요."

외계어 같았던 그 당부가 오늘은 이상하게 가슴에 꽂혔다. 내일 아침 아빠가 기지개 켜며 일어날 수 있다면 좋겠다는 소원이 출렁였다. 아니, 아빠와 함께 새해를 맞이할 수 있게 해달라고, 그것도 욕심이라면 기념 음악제에서 내 노래를 듣게 해달라고 기도하고 싶었다.

상담실은 교실 없는 5층 안쪽이라 조용했다. 어색해서 쭈뼛대며 노크했는데, 상담 샘은 활짝 웃으며 맞아줬다.

"어서 와. 노래야."

"헉! 내 이름 어떻게 아세요? 스토커가 아니면 불가능할 텐데…."

상냥한 인사 대신 시니컬한 말을 툭, 뱉으며 들어섰다.

"당연히 알지. '투 플러스 원' 멤버 중 '노래 제일 잘하는 노래'로 알려진 노래를 어떻게 모르겠어? 너, 은근히 송내중 스타잖아."

상담 샘은 따뜻한 코코아를 타서 건네며 방문 목적을 물었다.

"고민 있어서 온 건 아니고… 소원이 있어서 왔어요."

"소원?"

"신입생 OT에서 그랬잖아요. 내일 아침 일어났을 때 한 가지 바뀌어 있길 원하는 사람은 상담실로 오라고."

"아! 그랬지. 하하. 노래는 기억력이 참 좋네."

연두색 벽지에 분홍색 테이블 보, 유리 화병에 담긴 보라색 소국, 하얀 책장에 꽂힌 심리 관련 책들과 각종 심리 검사지… 아늑한 정경 때문에 아이들이 마음을 다 털어놓겠구나 싶었다.

"노래는 어떤 소원이 있어? 내일 아침 무엇이 바뀌어 있으면 좋겠어?"

아빠의 야윈 얼굴이 바로 떠올랐다. 상담 샘의 착한 시선과 마주치자 귀가 물속처럼 먹먹해졌다. 낯선 장소에서 생긴 증상이라 대처 반응이 떠오르지 않았다.

"그게… 친구들이 이번 기념 음악제 때 함께 노래하자는데…."

"'오, '투 플러스 원'이 노래해? 와! 기대된다. '노래 잘하는 노래'의 노래를 기념 음악제에서 들을 수 있는 거야?"

눈을 동그랗게 뜨고 적극적으로 반응해 주는 상담 샘의 얼굴이 흐려지기 시작했다. 장소를 가리지 않고 출몰하는 안개를 들키지 않으려고 눈에 잔뜩 힘을 줬다.

"혹시 깨끗한 마음으로 노래하면 아주 먼 우주까지 닿을 수 있을까요?"

도대체 무슨 말을 한 건지. 제멋대로 튀어나온 안드로메다 방언에 혀를 때리고 싶었다. 귀까지 빨개지는 게 느껴졌다. 생각과 말이 따로 도는 신경증을 진단받고 싶었다.

"그럼, 당연하지."

노래를 먼 우주까지 보내본 사람처럼 상담 샘은 확신에 차서 대답했다. 내 눈앞에 앉아 있는 상담 샘은 어떤 사람인지 문득 궁금해졌다. 풀죽은 목소리로, 허물이 많은 사람의 노래도 먼 우주까지 닿을 수 있을지 물었다.

"그럼. 이 세상에 완전한 사람은 없어. 다들 하나같이 부족하지. 하지만 한 사람 안에 겸손한 기도와 소망이 있다면 그의 노래는 먼 우주까지 닿을 수 있을 거야."

송준서의 시와 상담 샘의 대답이 하나처럼 느껴졌다. 선한 사람들의 영혼에만 느껴지는 현상일지도 몰랐다. 상담 샘의 미소로 보아 학폭으로 얼룩진 내 죄과를 알고 있는 게 분명했다.

"잘못을 깨닫고 돌이킨 사람이 겸손하게 부르는 노래라면 오히려 더 아름답지 않을까?"

“정말 그럴까요?”

“그럼. 아픔이나 후회, 부끄러움까지도 한 사람의 노래를 더 깊게 만들어주니까.”

“그럼, 한 가지만 더 물어볼게요. 레슨 한 번 받은 적 없는데 어떻게 하면 노래를 잘 부를 수 있을까요?”

“음, 노래답게 노래하면 되지 않을까? 장미는 화려해서, 백합은 순결해서, 코스모스는 청순해서, 국화는 우아해서 아름답지? 노래는 노래여서 아름다운 거야. 노래만의 아름다움으로 노래해 보렴.”

이전엔 뜬구름 같다고 여겼을 말들이 반짝반짝 빛을 발했다. 그간 격려에 배고파 있던 내가 보이는 듯했다.

“그럼, 농인들도 자기답게 노래한다면 먼 우주까지 닿을 수 있을까요?”

“당연하지. 그 누구의 노래보다 아름답겠지. 노래야, 사실 노래는 입으로 부르는 게 아니라 영혼으로 부르는 거야. 아름다운 영혼에서 나오는 노래가 가장 아름답겠지.”

나도 모르게 그간 조금씩 아빠의 레시피에 중독된 것 같았다. 경전 급의 말이 마음으로 들어와 속속 박히는 건 전에 없던 현상이었다. 청소년 시립 합창단 오디션에서 망신당하고 학교 폭력을 일으킨 나도 아름답게 노래할 수 있다는 사실이 희망으로 들릴 줄이야. 상담 샘은 부드럽게 말을 이었다.

“노래야, 사실은 우리가 함께 있는 이곳이 우주야. 우린 지금 우주 속에 있으니까. 주변 사람들에게 감동을 주는 노래가 곧 우주에 닿는 노래라고 할 수 있겠지."

사이다를 마신 듯 속이 시원했다. 상담받으러 온 게 아니라 사실은 내 마음을 확인하러 왔다는 깨달음이 스쳤다. 확인했으니까 겁내지 말고 나답게 부르는 방법밖에 없어 보였다. 상담 반주으로 나를 품어준 상담 샘처럼 나도 노래 반주으로 누군가를 품을 수 있으면 좋겠다.

"나 괜찮아? 왜 이렇게 떨리냐?"

양송이버섯이 달달 떨었다. 하루 만에 상태 훅 가서 세일 개시가 코앞이었다.

"국제 동시통역사 될 사람이 겨우 예선에 떨면 어떡해?"

아무렇지 않은 척 타박했지만 나도 떨리긴 마찬가지였다. 개교 50주년 기념 음악제 예선 오디션이 열리는 학교 체육관은 경쟁 열기로 후끈 달아올랐다. 솔로, 듀엣, 트리오, 중창까지 합쳐 오십 팀이 넘었다.

양송이와 나, 김하늬의 출전 밴드명은 당연히 '꿀빵 클럽'. 아빠 투병 사실 공개와 맞바꾼 처절한 이름이다. 부를 노래는 조성은 작곡의 〈별〉. 흑역사 얼룩진 노래를 쳐다보기도 싫은데 양송이가 우겨서 한 번 더 부르게 됐다. 노래로 받은 상처는 노래로 치유해야 한다는, 사이비 심리학에 두 손 들었다.

그간 아이들의 관심은 솔로와 반주자로 참여한 김모나와 송준서에 모였다. 송준서가 피아노 반주를 자청했다는 소문은 최근 교내 핫 이슈였다. 곡목 선정까지 송준서가 했다고 수군댔다. 추측 밀가루에 호기심 베이킹파우더가 뿌려진 소문은 공갈빵처럼 부풀어 올랐다. 부드러운 남자 송준서가 센 여자 김모나에게 끌려다닌다는 소문이 나돌더니, 김모나가 워낙 적극적이라 송준서도 마음을 열었다는 후문까지 들렸다.

"그럼, 예심 시작하겠습니다. 무작위로 뽑은 첫 순서는 독창입니다."

사회자의 개회 선언에 독창팀 쪽에서 탄식이 흘러나왔다. 듀엣 대기 줄에 앉아 있어도 신경은 온통 무대 쪽으로 향했다. 머릿속 뉴런이 팽팽하게 당겨졌다.

"오늘 여러분 모두에게 행운이 있길 바랍니다. 첫 번째 독창 참여자는 3학년 김모나 학생입니다. 피아노 반주자 송준서 학생과 함께 무대로 올라와 주세요. 곡명은 〈아! 목동아〉입니다."

듣고만 있을 뿐인데 둥둥둥, 온몸에서 울려오는 진동. 그 둘을 보는 게 고통스러웠다. 마른침을 삼키는데 김하늬가 옆구리를 콕 찔렀다.

"송준서 잰 진짜 못 하는 게 뭘까? 저런 이국적인 마스크의 완벽남이 김모나 남친이라니, 말도 안 돼."

참가 여학생들의 눈은 벌써 녹아 있었다. 나에게서 떠나 이미 교내 스타가 된 송준서를 멍하니 바라보았다. 하얀 미소 천사 내 친구….
명치에 통증이 느껴졌다.

나란히 걸어 나와 인사하는 둘의 모습이 꽤 어울렸다. 김모나가 마이크 앞에 서자 송준서가 피아노로 향했다. 송준서의 내면에서 솟아난 청아한 음이 하얀 손가락을 타고 체육관 전체로 퍼졌다. 한 옥타브 높여 부드럽게 터치하는 전주는 수정이 흐르듯 깨끗했다. 시가 그랬던 것처럼 피아노 소리도 주인의 영혼을 닮아 있었다. 송준서는 첫눈에 알아본 내 직관을 다시 증명하고 있었다. 내 마음을 지나 하늘까지, 우주까지, 아주 먼 우주까지 닿을 공명을 자아냈다.

"♬ 아, 목동들의 피리 소리들은 산골짝마다 울려 나오고, 여름은 가고 가을이 오니 너도 가고 또 나도 가야지. 저 목장에는 여름철이 가고 산골짝마다 눈이 덮여도 나 항상 오래 여기 살리라. 아, 목동아. 아, 목동아. 내 사랑아. ♬"

김모나가 부르는 노래를 오래오래 기억하게 될 것 같았다. 영혼이 맑아지는 음성과 그리움이 배어나는 가사가 마음을 울렸다. 노래하는 김모나의 눈동자와 표정도 그리움에 젖었다고 느낀 건 착각이었을까. 그리움의 뿌리에는 슬픔이 떠돈다는 걸 나는 알고 있다. 상담 샘 말대로 노래는 영혼으로 부르는 거라면, 김모나도 그리움을 경험해본 사람이라는 뜻이었다. 김모나를 향한 선입견과 노래의 감동이 머릿속에서 혼란을 일으켰다. 다중 인격자가 아니라면 둘 중 하나는 거짓이란 뜻이었다. 흠 하나 없이 마무리된 독창에 열렬한 호응과 박수가 터져 나왔다.

다음 순서는 듀엣팀이라는 사회자의 선언에 현타가 엄습했다. 양송이가 내 오른팔을 붙잡고 덜덜 떨었다.

"첫 듀엣송은 하루도 꿀빵을 먹지 않고는 견딜 수 없다는 빵순이들의 밴드, '꿀빵 클럽'입니다. 양송이와 이노래가 듀엣으로 가곡 〈별〉을 부릅니다. 첼로 피처링은 김하늬가 합니다. 무대로 올라와 주세요."

드디어 우리 차례가 왔다. 무대로 올라갈 때 다행히 떨림은 잦아들었다. 신기하게도 무대 공포증이 사라져버린 것이다. 정면에 서니 다른 아이들은 배경으로 물러나고 체육관 맨 뒷자리에 앉은 송준서만 보였다. 시력 좋은 눈이 원시로 변하다니, 아무래도 시신경에 문제가 생긴 것 같았다.

"♬ 바람이 서늘도 하여 뜰 앞에 나섰더니, 서산머리에 하늘은 구름을 벗어나고 ♬"

첫 음 '바'를 소리 낼 때부터 송준서의 깊은 눈빛과 마주쳤다. 음악실 복도에서 처음 만난 그때처럼 정지된 시간 안으로 빨려 들었다. 호흡 하나하나가 벅찼다. 송준서 눈은 나에게 하고 싶은 말이 있다고 신호를 보내는 듯했다. 인스타그램에 응원 글을 올려준 아이가 송준서일 거란 확신이 들었다. 하지만 송준서는 이제 김모나의 남자친구였다. 내 소프라노 음을 받쳐주고 있는 양송이의 알토 음에 집중하기로 했다.

"♬ 산뜻한 초사흘 달이 별 함께 나오더라. 달은 넘어가고 별만 서로 반짝인다. ♬"

맞다. 송준서는 잠깐 스쳐 간 달이었다. 가까이 왔다가 다시 먼 궤도로 멀어진 달. 언제나처럼 달은 자신의 궤도를 충실히 돌고 있을 뿐이다. 바뀐 건 없었다. 나는 친구별들과 서로 반짝이면 되는 거다. 언제나 그랬듯 옆에 송준서가 없어도 괜찮다고 나를 위로했다.

"♬ 저 별은 뉘 별이며, 내 별은 또 어느 게요. 잠자코 홀로 서서 별을 헤어 보노라. ♬"

노래를 마칠 즈음 언뜻 송준서 눈에서 반짝이는 습기를 보았다. 당연히 착시 현상에 불과할 터였다. 역시 시신경에 문제가 생긴 게 분명했다.

우선 급식증으로 식사하고 동아리 방으로 달려왔다. 최적의 연습 시간인 점심시간을 활용하기 위해서다. 겨우 예심은 통과했지만 본 무대는 별들의 잔치가 될 터였다.

개교 50주년 기념 음악회라 졸업한 선배들이 대거 참석한다는 소식이 들렸다. 그러니까 육십 대 중반인 1회 졸업생부터 고등학생까지 여러 세대가 어우러지는 축제 마당이 될 것이다. 담임 샘 말대로 졸업한 선배들 기수당 백 명만 참석해도 오천 명이었다. 모두를 수용하기엔 학교 체육관이 좁아 인근 대형 교회 본당을 무상 대여해 놓았다는 소식이 들렸다.

"그 교회 다니는 내 친구 말로는, 강단에서 보면 맞은편 아치 모양의 창으로 바깥 하늘이 훤히 보인대."

"그럼, 우리 아치창 너머 하늘 보면서 노래 부르는 거야?"

"그런 셈이지."

큰 무대에 선 모습을 상상만 해도 콩닥콩닥, 아찔한 현기증이 느껴졌다.

"난 그날 새로 산 빨간 코트 입으려고."

"크리스마스이브 퀸카 되려면 화장품 좀 더 사야겠어. 오늘 올리브영 같이 갈래?"

아이들은 말도 안 되는 허세에다 선부른 전망까지 쏟아 놓았다. 다들 쓸데없이 들떴다. 12월 24일, 무대에 서는 아이들은 준비에 돌입했다. 〈Lovesick Girls〉를 부르는 아이들은 복장이며 춤동작까지 지수와 로제, 제니, 리사로 완벽 변신했고, 옆 반 서현이는 아이유의 〈밤 편지〉를 부르기 위해 새 기타까지 샀다.

꿀빵 클럽에겐 먼저 해야 할 중요한 일이 있었다. 선곡이다. 사람 말을 귓등으로 듣고 편곡한답시고 악보에 코를 빠뜨리고 있는 양송이버섯. 아까부터 피아노 앞에서 끙끙대는 중이다. 선곡도 안 했는데 편곡이라니 기가 막혔다.

"야, 양송이. 우리 순서 좀 지키자. 응?"

"편곡하는 거 안 보이냐? 내가 또 이 시대 최고의 작곡가 아니냐."

짜증이 확 몰려왔다. 아빠와의 약속 때문에 마음이 급한데, 오늘도 노래 연습 꽝일 확률이 높았다. 가끔은 양송이가 전교 2등이라는 사실이 불가사의처럼 느껴질 때가 있다. 기다리다 지쳐 선곡부터 하자고 빽 소리쳤다.

"노래 넌 요즘 실연 후유증으로 힘들잖아. 그래서 내가 벌써 골라놨지. 헤헤."

"눈물 나게 고맙네. 도대체 무슨 곡으로 고른 거야?"

어제 급식 먹으면서 난 방탄소년단 '지민'의 솔로곡 〈크리스마스 러브〉를 강력하게 추천했다. 달콤한 멜로디도 환상이고 크리스마스이브에 찰떡인 노래였다. 백 퍼센트 동의할 줄 알았던 양송이는 마땅찮은 듯 썩소만 흘렸다. '아미' 회원의 행동치고는 어이없는 반전이었다. 오륙십 대 선배들도 대거 참석하니 세대를 아우르는 노래가 좋겠다며 허를 찔렀다. 게다가 방탄 노래가 이번 무대에서만은 희소성이 떨어진다는 핵폭탄까지 날렸다. 양송이의 이마를 짚었다.

"아미가 방탄 노래를 그렇게 말해도 돼? 드디어 맛이 갔구나. 쯧쯧. 냉장 보관 못 한 내 잘못이다."

"잘 들어봐! 우리 밴드 이름이 꿀빵 클럽이잖아."

"그래서?"

"핵심은 빵이라는 거지. 어쩐지 〈생명의 양식〉이랑 잘 통하지 않냐? 그래서 말인데"

특종이라도 터뜨릴 것처럼 꼴깍, 침을 삼킨 양송이는 얼굴까지 발갛게 상기됐다. 내 대답은 무시한 채 혼자 흥분해서 프랑스 작곡가 '세자르 프랑크'를 아느냐고 물었다.

"몰라."

단답형 대답에 기가 막히는지 한 대 쥐어박고 싶은 표정이 됐다.

"무식하기는! 어쨌든 그 사람이 작곡한 곡 중에 〈생명의 양식〉이 있는데, 재즈풍으로 편곡해서 부르면 좋겠어."

송내중 최고의 수면제 듀엣 탄생을 예약해 둔 셈이었다. 나도 알고 있는 노래이고 가사도 대충 떠올랐다. 음악제에서 성찬식 할 일 있냐며 즉각 반기를 들었다. 쓸데없이 종교성이 강한데다 분위기 가라앉히기 딱 좋은 노래였다.

"노래 너, 주일학교 다니지 않냐? 네가 그렇게 반응할 줄 몰랐어."

"초딩 땐 다녔지. 사춘기가 되면서 끊었어. 아빠 때문에 몇 번 다녀주는 것도 힘든데 학교에서까지 성가곡을 부르라고? 난 싫어."

방탄소년단 '지민'의 〈크리스마스 러브〉에 어깃장 놓는 양송이가 못마땅했다. 내 전매특허 비음을 활용한다면 관객들은 분명 크리스마스이브의 달콤함을 만끽하게 될 텐데 아쉬웠다. 세계적인 테너 파바로티와 팝가수 스팅이 퓨전으로 불러서 더 유명해진 곡이라며 양송이는 〈생명의 양식〉을 적극 추천했다. 편곡해서 하늬의 첼로 연주를 입히면 재즈와 클래식의 멋진 앙상블이 될 거라 확신했다.

"싫은데?"

이유 불문 투덜대자 양송이가 눈을 흘겼다. 우리 사이가 부쩍 가까워진 느낌이 들었다. 사실 양송이는 천부적인 작곡 재능을 지녔다. 청음 능력이 탁월해서 클래식 곡도 들으면 바로 악보로 옮길 수 있다.

"나, 이번 기회에 작곡 실력 엄마한테 보여 주고 싶어. 엄마가 정해준 동시 통역사 꿈도 좋지만, 사실 작곡가의 꿈도 갖고 있어. 어느 쪽을 더 좋아하고 더 잘하는지 비교해서 내가 직접 진로 결정하고 싶거든. 그러니까 나한텐 이번 음악제가 시험 무대야. 한 번만 도와줘."

반론 의지가 주춤해졌다. 양송이가 진지한 눈빛을 발산하는 날은 며칠 안 되기에 더 그랬다. 그래도 가사와 멜로디가 맘에 걸려 소심하게 반론을 제기했다. 조용히 부르는 게 목적이라면 차라리 '옥상 달빛' 노래가 어떠냐고 물었다. 따뜻한 위로도 전할 수 있다면 더 좋을 터였다. 반론만 듣고 있던 양송이 눈에 반짝 생기가 담긴 찰나,

"노래야! 라틴어 원어로 부를까? 그럼, 종교성은 순삭이야."

잘못 들었나 싶어 귀까지 후벼봤지만, 내 고막 상태는 정상이었다. 급기야 라틴어는 알파벳 원음 그대로 읽으면 된다는 망언까지 읊조렸다.

"자, 여기 원음 가사랑 해석이 보이지? 나 한 번만 믿어 봐."

물러서기로 했다. 엄마에게 보여줄 진로 시험 무대라는데 훼방할 순 없었다. 사랑하는 사람에게 내 진면목을 보여줄 기회는 흔하지 않으니까. 언제나 시간은 기다려주지 않고 6G급으로 달려가니까.

어쩌면 양송이가 이끄는 대로 두는 게 편할 것 같았다. 난 아빠 외에 신경 쓸 겨를이 없었다. 어쩌면 종교성 강한 아빠가 좋아하는 노래가 될지도 몰랐다. 그래도 고집불통인 이노래답게 여지는 남겨뒀다.

"그래도 맘에 들지 않아. 좀 더 생각해 볼게."

아빠가 더 야위었다. 토실토실 살찐 내가 밥 다 뺏어 먹은 기분이다. 급식 싹 비우고도 모자라 조리사님께 더 달라던 행동에 이불킥할 때가 많았다. 오늘만은 절제하리라 다짐하지만, 맛있는 메뉴 앞에서 물거품이 되고 만다. 아빠에게 푼수 같은 질문을 던졌다.

"나 살쪘지?"

눈꺼풀을 딱 한 번 깜빡인 아빠는 미소만 보냈다.

"다 은호 씨 책임이야. 내가 우리 집 식량 소비 균형 맞추려고 더 먹은 거야. 억울하면 빨리 회복…."

미간을 찌푸리는가 싶던 아빠는 마른기침을 쏟아내기 시작했다. 목마르다는 뜻이다. 목으로 물을 넘길 수 없어 수건에 생수를 적셔 혀를 눌러줘야 한다. 기침 때문에 얼굴이 빨개진 참인데 마침 현관 벨이 울렸다. 주말마다 들르는 작은고모였다. 큰고모 딸 윤경 언니도 함께 데리고 왔다. 도도해서 정이 안 가는 유형인데 아빠는 윤경 언니를 특별히 아낀다.

「외삼촌, 자주 못 와서 미안해.」

윤경 언니가 느린 수어로 인사하자 아빠는 아이처럼 울음을 터트렸다. 윤경 언니의 눈화장도 눈물 때문에 아슬아슬 지워지려고 했다. 언제 봐도 아빠와 윤경 언니는 보이지 않는 끈으로 연결된 것 같았다. 가끔은 나보다 윤경 언니와 더 친밀해 보여 서운할 때도 있다.

"외삼촌, 울지 마. 울면 몸이 더 힘들어져!"

마흔두 살 피아노 학원 원장답지 않은 반말이 영 못마땅했다.

"은호가 윤경이 보면서 또 큰누나 생각하나 보다. 은호 네 살 때 엄마 돌아가시고 열일곱 살이던 언니가 은호를 키웠으니 그 정이 오죽해?"

작은고모 말에 의하면, 아빠는 따뜻한 큰고모를 엄마처럼 따랐다고 한다. 할머니가 젊은 나이에 돌아가신 후 할아버지는 돈 문제로 어디론가 피신해버렸는데, 큰고모가 늦둥이 아빠를 돌봤다는 거다. 그때 세 남매에겐 먹을 것도 제대로 없었다며 작은고모는 한숨을 내쉬었다. 고모의 넋두리 위로 재작년 겨울의 일화가 겹쳐졌다.

그날은 아침부터 부천에 함박눈이 내린 날이었다. 앞이 보이지 않을 정도로 세상은 하얀 겨울 왕국이었다. 트럭에 올라타기 전 아빠는 하늘을 향해 스르르 눈을 감았다. 하얀 눈이 금방 속눈썹을 소복하게 덮었다. 못 말리는 눈 사랑이 또 시작됐다며 난 고개를 흔들었다. 다른 학교로 도망간 지 일 년밖에 안 된 난 아빠 행동을 의심의 눈길로 바라보았다. 현실이 너무 괴로워 순수의 세계로, 혹은 과거의 추억으로 도망치고 싶은 행동일지도 모른다고.

「눈이 내리면 추억이 생각나. 어렸을 때 자주 배가 고팠어. 엄마도 아빠도 없었는데, 배고파서 울 때마다 큰누나가 업어 줬어. 큰누나 등에 업혀서 잠들 때 하늘에서 눈이 펑펑 쏟아지던 게 기억나.」

"오! 영화의 한 장면 같은데?"

슬픈 분위기로 기울까 봐 급히 감동 카드를 꺼내 들었다. 개그로 희석한 내 어투와 달리 아빠 표정은 진지해 보였다.

「사실 그때 업혀서 큰누나 몰래 울었어. 내가 우는 거 알면 큰누나가 맘 아플 테니까.」

"배고파서 울었던 거구나?"

감동 카드를 거두지 못하고 공감의 말을 억지로 날렸다. '큰누나를 배려하는 네 살 꼬마'에서 난 벌써 지긋지긋한 비운의 냄새를 맡고 있었다.

「응. 하늘에서 내리는 눈이 밥이라면 좋겠다고 생각했어. 엄마도 보고 싶었고.」

동생을 업고 함박눈을 바라보던 큰고모는 겨우 쉰다섯 살 때 암으로 세상을 떠났다고 들었다. 한 번도 못 봤는데 친숙하게 느낄 만큼 얘기 들었던 큰고모… 살아 있다면 칠십 대 초반에 이르렀을 큰누나를 여전히 가슴에 묻고 있던 아빠다.

작은고모의 회상에 윤경 언니의 눈물샘이 터지면서 마스카라가 훅 번졌다. 슬픈 개그우먼을 보는 것 같았다. 아빠는 농학교를 졸업한 후 주물 공장에서 일했는데 월급 타면 꼬마 윤경 언니를 데리고 다니면서 맛난 것을 사 먹였다고 들었다.

"은호가 윤경이 어릴 때 피아노 레슨비도 대줬잖아. 덕분에 윤경이는 나중에 피아노 전공해서 학원장도 됐고. 그런데 정작 제 딸은 다 키우지도 못하고 떠나게 생겼으니…."

아빠와 윤경 언니를 울려놓고도 모자라 작은고모의 넋두리는 계속됐다. 눈치는 꽝이지만 그래도 작은고모를 미워할 수는 없었다. 아빠가 쓰러진 후 매주 찾아와 준 건 친척 중 작은고모가 유일했다. 따뜻한 마음에도 한우처럼 등급을 매길 수 있다면 작은고모는 우리 가족에게 1등급에 속하는 유일한 사람이었다. 쓰리 플러스 1등급이니 울지 말라고, 슬퍼하는 고모를 가만가만 토닥여주고 싶었다.

양송이가 엎드린 채 꼼짝하지 않았다. 책상에 강력 접착제라도 붙여둔 줄 알았다. 불러도 대답이 없는 걸로 봐선 학습 과다 후유증이 확실했다. 텝스 시험 있다고 긴장하더니 지쳐버린 듯했다.

"야, 양송이버섯. 시험 때문에 그래?"

"나 좀 가만히 둘래? 진짜 피곤해."

고개도 들지 못한 채 거의 아사 상태로 보였다. 겉으론 좌송이 우하늬의 '투 플러스 원' 생활이 화려해 보이겠지만, 전교권에 빛나는 친구들을 모시고 사는 고충이 만만치 않다. 무한경쟁은 '그들만이 사는 세상'에 더 많아 보였다. 어깨를 흔들어 주자 겨우 상체를 든 양송이, 다크서클이 코까지 내려와 있었다.

"헐! 왜 이렇게 심하게 상한 거야? 어젯밤 누가 독 뿌렸어?"

"나, 어제 집에서 쫓겨났어. 차고에서 떨면서 밤새웠어."

"차고라면… 어차피 집이잖아?"

눈치 없는 인간이라며 째려보던 양송이는 풀죽은 얼굴로 급변했다. 급기야 우리 집에서 하룻밤 재워줄 수 있느냐며 물었다. 아빠 때문에 어려웠다. 쓰러져서 투병 중인 걸 친구들에게 아직 고백 못 했다. 어서 핑계를 찾아야 했다. 학생이 무슨 가출이냐며 반기를 들었다.

"텝스 성적 엉망이라고 엄마가 당장 꺼져 버리래. 그러니 내가 집을 나올 수밖에! 난 진짜 열심히 준비했어. 억울해."

"실화야? 그렇다고 눈앞에서 꺼지래?"

양송이 엄마가 나 같은 딸을 뒀다면 심정지 상태에 빠졌을지도 모른다. 사랑하는 엄마에게 마구 으깨져서 팥앙금이 된 양송이를 품어주고 싶었다.

"우리 아빠가 그러더라. 맛난 꿀빵이 되려면 반죽이 팥앙금을 품어야 한다고."

"뭐? 반죽? 팥앙금? 노래 너 아침부터 배고파? 근데 나도 지금 진짜 배고파."

어제저녁부터 굶어서 먹깨비가 된 양송이는 1차원적 반응만 쏟아 놓았다.

"생각해봤는데, 양송이버섯이 영어 공부하는 이유도 장차 많은 사람을 품기 위한 게 아닐까?"

"그러니까, 왜 품어? 뭘 품어?"

"우리 아빠 말뜻은 그러니까… 넌 미래에 세상을 유익하게 할 사람이니까, 음… 공부가 힘들어도 잘 극복하라는 거지. 그러니까 송이 넌… 좋은 반죽이 돼야 한다는 뜻이야."

횡설수설! 고구마 백 개를 삼킨 심정이었다. 눈이 동그래진 둘도 저 인간이 뭘 잘못 먹었나 싶은 눈치였다. 청신경이 온전해도 소리에 마음이 닿지 않으면 들을 수 없는 건 분명해 보였다. 김하늬가 내 이마에 손을 얹고 염려했다.

"이노래답지 않게 왜 이래? 설교 알레르기 있는 애가 설교를 하고!"

"그러니까 내 말을 종합하면, 네 꿈이 중요하다는 거야. 오늘 집에 들어가서 엄마랑 대화하고 내일은 싱싱한 버섯 돼서 돌아와."

상황 반응 공식이 떠오르지 않으면 화제를 바꾸면 되는데 계속 지껄였다.

"싫어! 내가 받은 상처가 얼마나 큰 줄 알아? 노래 넌 내 맘 몰라. 엄마는 내가 정말 하고 싶은 게 뭔지 물어본 적도 없어. 엄마 자신이 원하는 꿈을 정해줬을 뿐이라고. 내가 그런 엄마를 기쁘게 하려고 얼마나 애썼는지 알아? 엄마는 날 사랑하지 않는 거야. 진짜 사랑은 굳이 증명하지 않아도 되는 거잖아."

양송이의 투정이 지독하게 부러웠다. 아빠에게 내 사랑을 증명하고 싶어 몸부림치는 중이란 걸 상상도 못 할 터였다. 내 사랑을 증명해 보일 사람이 옆에 있다는 게 얼마나 큰 축복인지도 모를 터였다. 지금 내 사랑을 증명해 보일 방법은 기념 음악제뿐이었다. 열 번, 백 번, 천 번 증명해도 좋으니 아빠가 내 옆에 있다면 더 바랄 게 없었다.

"가출하면 개고생이야. 엄마가 쓰러져서 잔소리도 못 하면 좋겠어? 한마디도 못 하고 식물인간처럼 누워있으면 좋겠냐고! 일단 집에 들어가서 네 마음을 솔직하게 표현해. 가출은 답이 아냐!"

둘은 동시에 마주 보며 냉동 인간이 되고 말았다. 과한 모범 답안에 어이없는 표정이 역력했다. 건강한 부모님에게 잔소리 듣고 쫓겨날 수 있는 건 아무래도 아주 큰 복 같았다. 양송이에게 내가 줄 수 있는 딱 한 가지 위로가 떠올랐다. 물론, 양송이 자신이 던진 떡밥이었다.

"음악제 참가곡 〈생명의 양식〉 동의해 줄게. 엄마가 감동할 수 있게 멋진 무대 만들어 봐."

"진짜? 와, 이노래 쿨하네. 고마워. 나, 이번 무대 정말 잘해 낼 거야."

"양송이, 꼭 기억해. 하나의 문으로 고난이 들어오면 다른 하나의 문으로 위로가 들어오는 법이야."

70년대식 발언이 부끄러웠지만 어쩔 수 없었다. 아빠가 환하게 웃는 것 같았다. 미끼 투척에 금방 입질하는 양송이버섯의 미소를 보고서야 안심했다.

오랜만에 교회로 왔다. 부활절 이후 거의 반년만이다. 어릴 때 잘 다니던 주일 학교를 사춘기가 되면서 멀리하기 시작했다. 숭고하다고 여겼던 신앙은 초라해 보였고, 매정한 신을 예배하는 아빠는 바보처럼 보였다. 오늘, 아빠를 위로하려고 서비스 차원에서 왔지만 불편해 죽을 지경이다. 함수 시간보다 지겨운 설교 시간엔 내내 졸았다. 와와웅, 와와웅, 와와웅, 일정하게 멀어졌다 가까워지는 목사님의 음성이 자장가처럼 들렸다. 이런 지겨운 곳에서 일 년 52주 봉사하며 지낸 은호 씨가 이해 불가였다.

"이제 추수감사절 성찬식을 진행하겠습니다."

아뿔싸! 현타가 뒤통수를 강타했다. 추수감사절이라니 날짜를 잘못 고른 것이다. 아빠가 쓰러져서 가끔 7교시 빼는 걸 감사할 수는 없었다. 게다가 성찬식이라면 떡과 포도주(정확히 말해 포도 주스)까지 받아야 한다는 얘기였다. 시간이 길어질 건 뻔했다. 괜히 효심을 발동시킨 건 치명적 실수였다.

"나, 지금 어디 가는 줄 알아? 맞춰봐."

아침에 아빠는 눈을 동그랗게 떴다. 왼손 검지와 오른손 검지를 X로 교차했다가 다시 양 손가락을 펴서 지붕 모양을 만들었다. 수어로 '교회'라는 뜻이다. 아빠 눈은 정확히 두 번 깜빡했다. 놀랍고 기특하다는 의미였다. 내일은 해가 서쪽에서 뜨겠다며 속을 긁는 언니와 시비 붙고 싶었지만, 아빠 앞이라 참았다.

"세례받으신 분들은 모두 참여해 주십시오."

도망가려고 엉덩이를 떼려는 찰나, 오르간이 울리며 성찬식은 시작되고 말았다. 간발의 차이로 탈출 타이밍을 놓쳤다. 아기 때 유아 세례를 받았다는 핑계를 대며 그대로 주저앉았다. 잔잔한 오르간 음 때문에 나까지 경건해지려는 찰나, 성경 본문이 낭독됐다.

"마태복음 26장입니다."

마태! 특이한 이름의 남자. 언젠가 주일 학교 선생님이 마태는 영어 이름 매튜Matthew의 유태식 발음이라고 설명했었다. '마태라는 이름만 들어도 막 태만해진다'는 썰렁한 개그를 쳐서 분위기를 얼어붙게 했던 남자애가 떠올랐다.

"예수께서 떡을 가지사 기도하시고 떼어 제자들에게 주시며 이르시되 받아서 먹으라. 이것은 내 몸이니라 하시고."

최후의 만찬 광경을 상상하는지 누군가는 눈을 감고 기도했다. 그렇다고 현실이 달라지진 않을 텐데 괜한 행동 같았다. 쟁반 위에 놓인 손톱 크기의 카스텔라 빵조각이 전달되기 시작했다.

"이 떡은 생명의 양식입니다. 이 양식을 먹는 자마다 다시 배고프지 않을 것입니다."

목사님의 낭독대로라면 떡이어야 하는데 빵조각으로 때우는 게 못마땅했다. 성경이 떡과 빵도 구분 못 한 건 큰 오류 같았다.

"'예수께서 떡을 가지사 축복하시고 떼어'라는 구절은 영어 성경으로 보면 'Jesus took bread, gave thanks and broke it'이라고 돼 있습니다. 우리가 알다시피 '브래드'는 빵입니다. 빵은 생명을 보전해 주는 일상의 양식입니다. 그리스도가 곧 생명의 빵, 생명의 양식이라는 뜻입니다."

헉! 내 의혹을 투시한 듯 목사님의 부연 설명이 이어졌다. 깜짝 놀란 나머지 헛기침까지 나왔다. bread, 역시 빵이었다. 어쩐지 밴드 이름 '꿀빵 클럽'과 노래 〈생명의 양식〉이 잘 어울리는 한 쌍처럼 느껴졌다. 양송이버섯의 잔머리가 장식만은 아니었던 거다. 문득 아빠 꿀빵이 그리웠다. 어제 다녀간 작은고모는 언제나처럼 다량의 하소연을 늘어놓았다.

"돌아가신 엄마가 생전에 입버릇처럼 얘기했었지. 우리 은호는 훌륭한 공예가로 키우고 싶다고. 은호가 농아인 걸 알고부터 병이 든 게야."

할머니의 꿈이 늦둥이 막내를 공예가로 키우는 거였다면 완벽하게 이루어진 셈이었다. 아빠는 스무 살부터 주물 공장에서 쇠 공예를 했고, 빵장수가 된 후로는 밀가루 공예를 해 왔으니까. 셀 수 없을 만큼 많은 주물과 꿀빵을 직접 손으로 생산해왔다.

만약 은호 씨가 마태 씨와 친구였다면 '오병이어 기적'에 참여했을 거란 엉뚱한 상상에 빠져들었다. 다섯 개의 꿀빵을 구워 그리스도께 드린 사람이 아빠라면? 황당한 가정법 때문에 지겨운 성찬식이 슬슬 재밌어지기 시작했다. 그리스도의 감사기도 후 수천 개로 변한 꿀빵을 들판 위 배고픈 사람들에게 나눠주는 마태 씨와 은호 씨….

황량하고 드넓은 들판에 수천의 사람들이 모여 있다. 다들 얼굴은 피곤으로 찌들었고 옷은 더럽고 누추하다. 하나같이 가난하고 병들고 학대받는 사람들이다. 그들은 모두 그분, 청년 예수의 이야기에 푹 빠져서 해가 뉘엿뉘엿 넘어가는 것도 모르고 앉아 있다. 종일 아무것도 먹지 못한 사람들은 배가 고프다. 천국에 관해 이야기하던 그분은 사람들을 안쓰러운 눈으로 바라본다. 그분 옆에 마태 씨가, 마태 씨 옆에 은호 씨가 앉아 있다. 그분과 시선이 마주친 순간, 은호 씨는 고개를 끄덕이며 미소 짓는다. 1등급 공예가의 손으로 밀가루를 반죽해서 다섯 개의 꿀빵을 굽는다. 그리스도께 드린 꿀빵은 신기하게도 수북이 쌓여 간다. 오천 명이 넘는 관중들이 탄성을 발한다. 놀라운 광경에 어둑어둑한 들판이 술렁인다. 마태 씨는 쌓여있는 꿀빵을 사람들에게 하나하나 나눠준다. 빵을 구운 은호 씨도, 빵을 나눠 주는 마태 씨도, 빵을 받는 사람들도 행복하다. 모두가 행복한 광경….

나에게도 성찬식 떡 아니, 빵이 전달됐다. 카스텔라의 부드러운 맛이 입안에 퍼졌다. 왠지 우리가 부를 노래 〈생명의 양식〉이 좋아지기 시작했다. 눈을 감았다. 처음으로 마음 모아 기도했다. 꿀빵처럼 맛있는 노래를 아빠에게 불러줄 수 있기를. 아빠가 노래를 먹고 힘낼 수 있기를. 그리고 신이 있는 먼 우주까지 닿을 수 있기를….

벌꿀과 흑설탕

툰드라로 변한 교실 분위기에 냉동인간이 될 것 같았다. 소환된 몹쓸 기억이 맘을 얼어붙게 했다. 인사는커녕 시선까지 피하는 양송이를 보고 심각한 일이 일어난 걸 직감했다. 가장 익숙한 대인관계 안전장치, '시비 걸듯 투덜대는 대화체'로 말을 걸었다.

"양송이, 또 집에서 쫓겨났구나. 에고, 다크서클 어째!"

"아니거든."

짧은 답이 돌아왔다. 이상한 건 김하늬까지 싸늘하다는 사실. 요즘 따스한 말로 내 편이 돼준 천사의 돌변은 충격으로 다가왔다.

"오늘 둘 다 표정이 왜 그래? 누가 독 뿌렸어?"

"우린 뭐, 항상 바보처럼 웃어야 하니?"

양송이의 대답은 그간 억지로 웃으며 지냈다는 뜻으로 들렸다.

김하늬도 시선을 내리깐 채 묵묵부답을 고수했다. 주변 아이들 표정도 곧 개막될 광경을 기대하는 눈치였다. 나만 모르는 어떤 음모가 시작되고 있었다.

"아! 오늘따라 왜 이렇게 기운이 없지? 목 아래로 몸 전체가 안 움직여. 나, 아무래도 식물인간 된 것 같아."

귓가에 수천 마리의 꿀벌들이 몰려들어 앵앵대는 줄 알았다. 피가 정수리로 몰려들고 몸에는 차가운 소름이 돋았다. 김모나는 내 얼굴에 시선을 고정한 채 대놓고 능글거렸다. 우리 임대아파트에 친구의 친구의 친구가 산다고 하더니, 기어이 아빠 투병 사실을 캐낸 모양이었다.

"몸이 마비된 사람들은 어떻게 사는지 몰라."

"그러게. 우리야 알 수 없지."

"누군가는 알지도 모르지. 호호."

먹잇감의 숨통을 문 맹수들의 눈을 보았다. 동물성에 빙의된 번득이는 눈빛은 끔찍했다. 김모나 무리 외에 관망만 하는 아이들도 야속하긴 마찬가지였다. 상황 반응 공식이 떠오르지 않아 소리부터 질렀다.

"김모나 뭐야! 비겁하게 빗대지 말고 할 말 있으면 똑바로 해!"

"내가 뭘? 이노래 너 참 억지다. 분노조절장애 치료나 받아."

내가 선 곳은 중딩 교실이 아니라 지옥 실사판이었다. 인격 한계선 너머에 있는 아이들을 아득한 시선으로 바라보았다. 국어 샘이 설명해 줬던 '관조'가 이런 걸까 싶었다.

"얘들아, 요즘 우리 교실에 똥 냄새가 밴 것 같아. 왜일까?"

엄지와 검지로 코까지 잡으며 김모나는 미간을 잔뜩 찌푸렸다. 정수리에 치받친 피가 점점 얼굴을 달궜다. 분노를 참았다간 몸이 재로 변할 것 같았다. 아빠가 천 개의 레시피를 숨겨 놓았다 해도 더는 참을 수 없었다. 바로 달려들어 김모나의 뺨을 때렸다.

"그래! 우리 아빠 몸 마비된 거 맞고, 우리 집에 똥 냄새 밴 거 맞아. 그래서 뭐? 그게 놀릴 일이야? 남의 아픔을 놀리니까 재밌니?"

안개 대신 뜨거운 용암이 시야를 덮었다. 김모나를 당장 없애버리고 싶었다. 이기적인 인간들의 행동은 언제나 똑같다. 배려 없는 언행을 참아주다가 용량 초과로 폭발한 상대에게 '뒤끝 작렬'이라는 비판까지 서슴지 않는다. 함부로 지껄여 놓고 자신을 '뒤끝 없는 사람'이라며 헛소리까지 늘어놓는다. 남에게 상처를 주건 말건 자기 할 말 다 했으니 감정 찌꺼기가 남지 않았을 뿐인데 세상 쿨한 사람처럼 군다. 상처 될 곳을 찾아서 쑥쑥 쑤셔 놓고는 폭력을 탓한다면 입을 찢어놓고 싶었다.

"악!!! 뺨을 쳐? 미친년!"

벌건 뺨을 부여잡고 김모나는 비명을 질렀지만, 어느새 내 손은 다시 올라갔다.

"김모나 넌 인간도 아냐! 악마라고!"

교실이 아수라장이 되자 차갑게 앉아 있던 양송이와 김하늬도 벌떡 일어났다. 아무도 우리 둘을 말리지 못하고 머뭇거렸다. 뺨을 한 번 더 치려는 찰나, 엉뚱한 얼굴이 나타나서 팔을 붙들었다. 제지하는 힘이 강하게 느껴졌다.

"노래야, 그만둬! 너한테 안 어울리는 행동이야. 감정대로 행동하면 후회할 일만 생겨!"

이곳에 있어야 할 얼굴이 아니었다. 팔이 붙들린 채, 성인군자 같이 말하는 송준서의 얼굴을 노려보았다. 열기가 코와 입으로 마구 쏟아졌다. 여자 친구 뺨 맞는 게 걱정돼서 말린 건가 싶어 더 분노가 치밀었다.

"김모나가 우리 아빠를 조롱했어! '늙은 벙어리'란 말로 모자라서 '똥 냄새나는 전신 마비 환자'라고 대놓고 놀린단 말이야. 내가 어떻게 참아? 너라면 참을 수 있어? 김모나 앤 하이에나라고! 그래도 넌 김모나가 좋아? 그렇다면 너도 똑같은 인간이겠네."

송준서의 눈동자는 안타까움과 연민, 걱정이 뒤엉켜 크게 흔들렸다. 눈동자 안에서 폭풍이 몰아쳤다. 파르르, 속눈썹까지 떨리는 게 보였다.

"그런 거 아냐, 노래야. 누구에게나 아픔은 있어. 다들 힘들어서 못되게 구는 거야. 제발 이성을 찾아. 그리고 갈등을 해결할 방법을 찾아보자."

"내가 한 번도 안 참은 것처럼 얘기하네? 난 참을 만큼 참았다고!!!"

"대화로 풀다 보면 뭔가 방법이…."

송준서가 무슨 말인가 더 하려는 찰나, 조회 들어온 담임 샘이 다급하게 소리쳤다.

"너희 둘 왜 그래? 또 무슨 일이야?"

담임 샘 때문에 억지로 떼어져서도 씩씩대며 어깨를 들썩이는데… 송준서가 안타까운 눈동자로 계속 지켜보고 있었다. 가장 힘든 순간마다 만나게 되는 우연이 지긋지긋했다.

다시 모든 게 멈추었다. 기념 음악제를 코앞에 두고 세 번째 폭력을 쓰고 말았다. 왜 희망 뒤에는 항상 절망이 따라붙는지 모를 일이었다. 청소년 시립 합창단 오디션 전과 음악제 예선 전에도 폭력을 썼다가 후회했는데, 본선을 앞두고 똑같은 실수를 저질렀다. 노래 부를 자격이 없다는 증거였다. 사랑을 증명하려는 노력 따위는 나에겐 처음부터 어울리지 않았던 거다. 결론은 하나. 음악제 참가를 포기하기로 했다.

쌉쌀한 공기에 가로수는 빨갛고 노랗게 옷을 갈아입었다. 임대아파트가 모여 있는 우리 동네가 단풍나무와 어우러져 영화 속 배경 같았다. 매년 11월이면 내가 낙엽을 주워 책갈피에 꽂아둔다는 사실을 아무도 믿지 않는다.

"야, 이노래. 왜 안 어울리는 행동 하고 그래?"

"무덤덤한 이노래가 가을 탄다면 누가 믿겠냐?"

감성 제로 인간 취급받을 땐 서운했지만, 이번 가을엔 정말 낙엽을 줍지 않았다. 단풍잎들이 나무에 붙어 오래오래 견뎌줬으면 싶었다. 시간이 짧다는 걸 알게 된 후로는 하루하루를 아껴 쓰고 싶은 소망뿐이다. 아빠 뺨은 더 홀쭉해졌고 튜브를 꽂아놓은 코도 단풍잎처럼 빨갛게 변했다. 시력이 약해진 눈은 형광등 빛에도 눈 부셔했다. 언니는 커튼을 치고 간접조명 하나만 켜서 거실을 동굴처럼 아늑하게 만들었다.

김모나 뺨을 친 일로 등교 정지 5일 징계를 받고 집에 박혀 있다. 책상에 턱을 괸 채 멍하니 앉아만 있다. 밥 먹는 일도 가시를 삼키듯 아프다. 집안은 괴괴할 만큼 고요하다. 아무도 말이 없다. 교육청 학교 폭력 대책 회의에 출석해 다시는 폭력을 쓰지 않겠다고 서약하고 돌아왔다. 보호자로 동행했던 언니는 처음부터 끝까지 내게 한마디도 안 했다. 언니의 강철 눈은 평소보다 더 차갑게 얼어 있었다. 이 악물고 버티는 전사 같았다.

김모나에게는 교내봉사 3일 징계가 내려졌다. 생각해 보면, 밝히기 싫은 사생활을 폭로한 건 김모나지만, 엄연한 사실에 광분해 폭력을 쓴 건 나였다. 제발 생각이란 걸 하면 되는데 그게 어렵다. 여기서 더 날뛴다면 엄마까지 쓰러질지 모른다. 어제도 심장 통증을 느끼는지 왼쪽 가슴에 손을 얹고 미간을 찌푸리곤 했다.

양송이와 김하늬에게선 아무런 연락이 없다. 매일 눈에서 짙은 안개가 피어오른다. 몇 배속으로 걷어 내도 아빠의 가래처럼 이내 차오르고 만다. 그때마다 아주 작은 소리로 〈생명의 양식〉을 불렀다. 오천 명이 넘는 관객에게, 아빠 엄마에게, 준서에게 맛있는 노래를 불러주고 싶었는데… 이젠 과거 완료형이 됐다.

이틀째 양송이가 싸늘하게 스쳐 지나갔다. 접근 금지 명령 피켓처럼 보였다. 상대적으로 너그러운 김하늬에게 이유를 물어봐도 모르겠다는 단답뿐이었다. 그간 의심해온 우정 속 가면이 드디어 실체를 드러냈다. 함무라비 법전을 초과하는 고통을 이번에도 비켜 갈 수 없었다.

며칠째 급식을 먹지 않아서 기운이 없다. 혼자 밥 먹기는 죽기보다 싫었다. 4교시를 마치자마자 도서실로 내려가 책만 읽었다. 손가락은 기계처럼 책갈피를 넘겼지만, 내용은 눈에 들어오지 않았다. 실타래처럼 엉킨 인간관계가 머리를 헤집었다. 레시피 속에 갇힌 아빠가 말을 걸어왔다. 팥앙금을 감싸는 반죽이 되어 보라고….

"야, 양송이버섯. 시간 좀 내줘."

교실로 가서 무심한 척 툭, 말을 던졌다. 살벌한 사바나에서 혼자 다니며 하이에나들의 밥이 되긴 싫었다. 자존심 내려놓고 1층 동편 현관으로 양송이를 데리고 왔다.

"우리 아빠 얘기 듣고 서운했지? 미안해. 그렇다고 모르는 체하면 내가 바보 된 것 같잖아."

사선으로 돌렸던 양송이 얼굴에 다시 불쾌한 표정이 역력하게 떠올랐다.

"바보 된 것 같다고? 그렇담 내 기분도 잘 알겠네. 진짜 바보가 된 건 우리야."

역시 짐작대로였다. 내 입장 따위는 안중에 없었다. 김모나의 뒷말에 흔들린 친구에게서 아득한 거리감이 느껴졌다. 그래도 하이에나들에게 먹히지 않으려면 오해를 풀어야 했다.

"왠지 말하기 힘들었어. 아빠 투병 중인 거 알면 같이 힘들어했을 거야. 피해 주기 싫었어."

"혹시 불안했던 건 아니고?"

허를 찔리자 몸이 얼어붙었다. 대처 반응 행동이 떠오르지 않았다. 서운한 마음에 삐딱한 말을 내뱉었다.

"내가 우리 관계를 불안해한다고? 꿀빵이 없으면 우리 관계도 끝인 거야?"

"그렇게 큰일을 어떻게 우리한테 숨겨? 기쁨도 슬픔도 함께 나누는 게 친구 아냐? 우리를 친구로 생각하는 거 맞아? 넌 항상 감추기에 바빴어. 핵심은 쏙 빼고 껍데기만 얘기했지. 투덜대거나 소리지르면서 어색함을 감추기에만 급급했어."

한 마디 한 마디 다 옳은 말이었다. 진실의 공격을 받아 코너로 몰릴 때 대개 사람들이 꺼내는 상황 대처 방식은 변명이다. 변명을 정당화하기 위해 상대방보다 더 화를 내든지, 피해자인 척 연기를 한다. 그것도 안 되면 비논리를 논리로 비약하든지, 막무가내식 억지를 쓰게 된다. 난 네 가지 모두를 휘핑해 즉석 가짜 반죽을 만들었다.

"네 아빠 고등학교 선생님이고 하늬 아빠 정형외과 의사라는 거 외엔 나도 아는 거 없어. 그래도 난 아빠에 대해 너희들에게 많은 걸 얘기했어."

"그 문제가 아니잖아. 왜 초점을 흐려? 넌 지금 비논리로 억지 쓰고 있어."

똑똑한 양송이는 핵심을 겨냥하며 또박또박 반박했다. 양송이가 논리적일수록 내 변명은 점점 안드로메다로 향했다.

"뭐가 달라? 똑같아. 아빤 움직이지 못할 뿐 여전히 내 옆에 있어. 꿀빵을 굽든 투병하든 그냥 내 아빠라고. 내가 굳이 아빠 곧 죽을지도 모른다고 말해야 하니?"

항변하는 목소리가 점점 떨려왔다. 우리 사이의 유일한 공통분모가 사라질까 봐 두려웠다. 아빠 쓰러진 거 아느냐고 묻는 모나 앞에서 바보가 됐다며 양송이는 분노했다.

"그러니까, 넌 내 마음보다 네 체면이 더 중요하구나. 그렇지?"

"이노래! 너, 참 꼬인 애구나. 실망이야. 모나는 적어도 나한테 진실을 말해."

양송이는 눈살을 확 찌푸리며 결정타를 날렸다. 못되게 구는 김모나에게 충고 한 번 하지 않을 때도 자신을 지키려는 본능으로 이해했다. 그런데 결정타를 맞자 마음은 도미노처럼 무너졌다. 김모나와 함께 내 험담도 했으리란 의혹까지 일었다. 양송이에게 적이 없는 이유는 따로 있다는 의심도 생겼다. 뒤에서 욕하고 앞에선 절대 티를 안 내는 것 말이다. 역시 우리의 우정은 가면이었다고 결론 내리자 오히려 시원했다. 우린 '프랜드'가 아니라 '클래스메이트'란 사실이 증명된 셈이었다.

"그렇담 나랑 노래 부르기도 싫겠구나. 그래, 기념 음악제도 다 그만두자. 이걸로 끝내."

배신감에 더 큰 결정타를 날렸다. 꿀빵 클럽을 내 입으로 먼저 깨 버렸다. 환경 전학으로 도망치든지 대안 학교로 숨어들든지 두 가지 선택지만 남았다.

"너 그게 무슨 무책임한 말이야? 그 무대가 나한테 얼마나 중요한지 몰라? 네 비겁함 때문에 우정도 깨고 친구의 꿈도 망치겠다고? 음악제 포기를 무기로 우릴 두 번이나 협박하는 거야?"

"음악제가 나한테는 가벼울 것 같아?"

아빠가 손꼽아 기다리는 축제였다. 그날을 위해 온 힘 다해 버티는 아빠의 마음을 보여 주고 싶었다. 내 아픈 마음보다는 얘기 안 했다고 서운해하는 양송이가 정말 야속했다.

"김모나 못된 행동은 보고만 있던 네가 아빠 투병 숨겼다고 이렇게 분노하는 거야? 김모나의 조롱과 내 침묵 중에 어느 쪽이 더 나쁜 거야?"

갑자기 눈 주위가 발개진 양송이는 입술을 앙다물며 파르르 떨었다. 눈물을 보이지 않으려고 눈에 힘을 주는 게 보였다. 내가 모르는 다른 일이 더 있는 듯했다.

"둘 다 나빠. 모나에게 내가 충고 안 했을 것 같아? 노래 넌 내 마음 몰라. 왜냐하면 그건…."

무슨 말인가를 토할 것 같더니 몸을 홱 돌려 교실로 올라가 버렸다. 할 말 있으면 하고 가라고 흥분해서 따지고 있는데, 다시 시작된 우연의 저주. 싸우고, 악담하고, 폭력 쓸 때만 동선이 겹치는 송준서가 또 나타난 것이다. 서둘러 피하려는데 어색하게 다가와 말을 걸었다.

"노래야, 물어볼 게 있어. 벤치에서 잠깐 얘기할 수 있어?"

"넌 왜 내가 힘들 때만 나타나? 혹시 추적 장치라도 있는 거야?"

용건도 모르면서 다짜고짜 시비를 걸었다. 김모나와 속삭이던 벤치로 데려가니 더 기분이 상했다. 용건만 어서 말하라고 다그쳤다.

"너 등교 정지 징계받은 거 마음 아팠어. 힘들었지? 연락하고 싶었는데 부담 줄까 봐 못 했어. 아빠는 좀 어떠셔?"

준서 얼굴에 안쓰러운 표정이 서렸다. 동정이나 연민은 사절하고 싶지만, 맑은 눈에 마음이 흔들렸다. 마음 아팠다는 말은 진심 같았다. 호불호가 분명한 내 대인 관계 방식에서 송준서는 늘 예외였다. 남학생들의 공차는 소리가 단풍나무 잎들에 가려 아득하게 울려왔다. 문득 힘든 마음을 다 털어놓고 싶었다. 하지만 눈에 힘을 주고 씩씩하게 대답했다.

"응, 보다시피 난 괜찮아. 아빠도 그냥그냥 그렇고."

"모나 말인데… 사귀는 사이 아니야. 오해하지 않았으면 좋겠어. 모나가 먼저 나한테 고민을 여러 번 털어놨고, 들어주면서 친구가 된 것뿐이야. 그 애의 힘든 마음을 위로해 주고 싶었어. 결국 내 고민도 모나에게 털어놓았고."

"그래서 뭐? 김모나가 소중하다고 말하러 온 거야?"

"노래야. 난 네 마음을 모르겠어. 우린 친구인데 네 고민에 관해 아는 게 하나도 없어. 다른 사람에게서 들은 상황뿐이야. 난 진실한 친구가 되고 싶어."

김모나가 있는데 뭐하러 나랑 친구가 되려고 하냐며 따졌다. 용건이나 빨리 말하라고 하자 송준서는 실망으로 고개를 푹 꺾었다. 하얀 옆얼굴을 보는데 명치 끝이 아팠다. 지금 마음 문을 열면 고인 슬픔과 두려움, 분노와 절망이 와르르 쏟아질 것 같았다. 털어놓을 자신이 없었다.

"한참 망설이다가… 아무래도 직접 확인하는 게 좋을 것 같아서…."

"뭘 망설였다는 거야?"

"노래야, 너 혹시, 5층 복도에 걸려 있던 시 액자 가져갔니?"

2차 공격이 훅 들어왔다. 다들 모의한 것 같았다. 학교에서 전시해 둔 물건을 가져갔다는 건 무슨 발상인지. 내가 가져갈 이유가 뭐냐며 따졌다.

"어제 액자가 사라졌어. 담당 선생님께 여쭤봐도 수거한 일 없다고 하셔. 졸업할 때 받아서 너한테 선물하려고 했거든. 모나 말로는…."

툭 튀어나온 김모나 이름에서 음모의 냄새를 맡았다. 김모나가 뭐라 했는지 추궁했다.

"노래가 화가 나서 폐기 처분했을지도 모른다고… 그건 아니지?"

"그러니까, 김모나와 너에게 화가 나서 훔쳤다는 뜻이야?"

"훔치다니! 그런 뜻 아냐! 모나는 그냥 네가 다혈질이라 분노를 참지 못하고…."

송준서의 눈이 맑다고 느꼈던 머릿속이 휘핑되기 시작했다. 뉴런이 끊어질 듯 팽팽하게 당겨졌다. 먼 궤도로 날아간 달을 가깝다고 느낀 건 착각이었다.

"다들 왜 김모나 말만 믿어? 거짓말쟁이에다 이젠 도둑까지! 그래, 나 나쁜 인간 맞아. 나만 사라지면 다 해결되겠네."

벌떡 일어나 교실을 향해 뛰었다. 다혈질과 분노조절장애를 증명하고 있다는 현타가 왔지만, 멈출 수 없었다. 하이에나가 득실거리는 사바나가 끔찍했다.

"노래야. 내 말 들어봐. 절대 그런 뜻 아니야."

등 뒤로 송준서의 비겁한 변명이 이어졌지만 돌아보지 않았다. 상처 줘놓고 위로하려 들다니 멍청이였다. 멍청해서 눈이 맑은 거였다. 직관은 무슨! 맑은 아이와 탁한 아이로 나누고 싶은 내 이분

법의 오류였다.

오후 수업이 통째로 남았는데 가방을 챙겨 교실을 빠져나왔다. 내 이름을 부르는 하늬 음성이 들렸지만, 도망치듯 내달렸다. 아무도 모르는 곳으로 숨고 싶었다. 교정에 빨갛게 물든 단풍나무 잎이 핏빛 같았다.

에바다 농인 교회로 오는 내내 불안했다. 인생 첫 무단 조퇴였다. 등교 정지 징계가 끝나자마자 연타 사고를 쳤다. 버스도 타기 싫어서 터덜터덜 걸었다. 다리가 아픈 줄도 몰랐다.

인간관계 해법은 뭔지 하늘 향해 묻고 싶었다. 한때는 냉소로 바라봤던 아빠의 대답을 듣고 싶었다. 여전히 내가 할 수 있는 건 꿀빵 레시피 쪽지를 열어보는 것뿐이었다. 마침 목요일 오후였다. 3번 미션 건너뛰고 4번을 넘보다니 '거짓말쟁이에 도둑'이 틀린 말은 아니었다.

3층 본당 문은 다행히 열려 있었다. 기도하는 여자 두 분 외에는 아무도 없었다. 그렇다면 레시피 쪽지를 건네줄 사람은 두 사람 중에 있을 터였다. 기도가 끝날 때까지 기다리기로 했다. 노래하길 바라는 은호 씨 생각에 답답해져 눈을 감았다. 어쩌면 세상에서 가장 힘든 일이 깨끗한 마음으로 노래 부르는 일이란 생각이 들었다. 노래 한번 제대로 부르는 게 힘들다면, 세상의 의미 있는 모든 행동 중에 쉬운 건 없다는 결론이었다. 두 손으로 얼굴을 감싸고 내

숨소리에만 집중했다. 내가 죽은 게 아니라 살아 있음을 느끼고 싶었다. 1분, 2분, 10분, 20분… 얼마나 시간이 흘렀을까. 강단 쪽에서 이상한 소리가 흘러왔다. 안드로메다에서 보내오는 암호 같았다.

"다시흔 사라바희 트흐나 사라"

기억 저편, 땀을 뻘뻘 흘리며 부르던 농인들의 노랫소리와 흡사했다. 반사적으로 눈을 떴다. 기도하던 두 여자분이 찬양 연습 중이었다. 배경음악이 아니었다면 '당신은 사랑받기 위해 태어난 사람'이라는 가사는 짐작조차 못 했을 테다.

"다시네 사소캐서 그사라 바크이지으"

헛헛한 발음과 엉망인 박자에도 불구하고 표정만은 환했다. 소리의 암흑은 두 사람에게 문제가 되지 않는 듯했다. 심지어 삶 속에서 자신이 사랑받고 있다고 느끼고 있었다. 깨끗하게 노래하는 두 농인이 부러웠다. 목소리로 흉내 낼 수 없는 참 노래였다.

신께서 두 사람에게 음성을 선물로 준다면 어떤 상황에서도 노래하고, 노래하고, 또 노래할 거란 상상에 잠겼다. 수백 번의 오해와 미움을 풀어가면서 노래할 터였다. 그들이 잠깐 쉬는 사이에 슬그머니 다가갔다.

「안녕하세요. 이은호 씨 딸이에요.」

「아! 노래? 동글동글 예쁘게 생겼네. 아빠 때문에 힘들지? 방금 우리도 은호 씨를 위해 기도했어. 꼭 일어날 거야.」

「감사합니다. 혹시 꿀빵 레시피 4번 가지고 있어요?」

「보물찾기 놀이하는 거지? 개구쟁이 은호 씨는 아무도 못 말려. 여름에 나에게 맡겨 뒀어.」

악기실로 들어간 한 농인이 비닐 팩을 들고나왔다. 레시피는 얌전하게 주인을 기다리고 있었다. 체에 내린 밀가루로 반죽만 한다고 맛있는 꿀빵이 되는 건 아닐 터였다. 팥앙금만으로 달콤한 맛을 낼 순 없었다. 인생은 그렇게 단순한 게 아닐 테니까.

4

꿀빵에게 벌꿀과 흑설탕은 선물이야. 벌꿀과 흑설탕이 없는 꿀빵은 상상할 수 없어. 팬에 벌꿀과 흑설탕을 넣어 녹이고 통깨를 뿌려서 또 섞어. 그 위에 반죽을 데굴데굴 굴려 코팅해.

노래야, 넌 외로운 누군가에게 선물 같은 사람이야. 맞지? 그렇다면 5번 쪽지로 넘어가도 좋아.

→ 5번 레시피는 송내 보육원 원장실에서 찾으렴. 선물 쿠폰 개봉 박두!!!

다섯 고개 안 해도 눈치 9단인 나는 바로 파악했다. 음악제에 참가하지 않으려던 마음을 바꾸라는 뜻이었다. 친구들과 달달하게 웃으며 노래하라는 말이었다. 송준서와 오해를 풀라는 의미였다. 김모나가 아무리 미워도 원수 되지 말라는 조언이었다. 주변에 선물 같은 사람이 되라니… 더 기가 막힌 건 지시만 했지 방법은 알려주지 않는다는 점이었다. 선물 쿠폰 받을 준비도 안 됐는데 개봉박두라니, 그건 자격 없는 딸에게 주어지는 공짜 선물이 될 터였다. 참 끝까지 아빠다운 레시피였다. 김모나와 송준서가 외로운 사람이라니, 상관관계 1도 없는 적용 같았다. 오히려 위로받아야 할 사람은 나였다. 쪽지를 박박 구겨 비닐 안에 욱여넣자 두 농인이 깜짝 놀라 눈을 동그랗게 떴다.

「왜? 은호 씨가 뭐라고 써놨길래.」

「바보 같아서요. 처음부터 끝까지 바보 같아서요.」

처음 만난 두 농인을 붙잡고 엉엉 울고 싶었다. 이해할 힘은 없는데 이해하라니, 멘탈이 부서질 것 같았다. 지푸라기를 잡는 심정으로 물었다.

「두 분은 내일 아침 일어났을 때 만약 딱 한 가지를 얻을 수 있다면 무엇을 얻고 싶어요?」

「….」

「신께서 한 가지만 선물로 준다면 뭘 받고 싶어요?」

「목소리.」

「나도 나도.」

누군가의 평생소원을 선물로 받아놓고 노래하지 않는다면… 뜨거운 걸 목으로 삼키며 욱여넣은 4번 쪽지를 다시 꺼냈다. 손바닥으로 반듯하게 펴서 숫자 4가 잘 보이도록 비닐 팩에 넣었다. 언젠가 다시 꺼내 봐야 할 때가 있을지도 모른단 생각이 들었다. 고통은 오고 또 오는 것이므로.

"건기와 우기로 나뉘는 사바나 기후는 연중 기온이 높아요. 더운 날씨가 계속 이어지는 거죠."

멋쟁이 사회 샘이 사바나 기후에 관해 열강 중이다. 설명대로라면, 사바나 기후 안에는 여름만 존재한다는 뜻이었다. 고통의 참뜻을 모르는 동물성의 땅인 것이다. 바람이 불고, 낙엽이 지고, 골짜기에 눈이 내리고, 눈이 그치고, 다시 꽃이 피어나고…. 계절이 바뀐 어디쯤에서 슬픈 일이 기다리고 있다는 걸 모르는 땅.

"너희들도 언젠가 아프리카 여행 꼭 해보렴. 사바나의 일몰이 정말 황홀해. 지평선 너머로 거대한 햇덩이가 넘어갈 땐 정말이지 감동이야."

방학마다 세계를 여행하는 사십 대 독신녀인 사회 샘은 아련한 눈길로 추억을 더듬었다. 백여 개국을 다녀온 사회 샘의 눈은 수많은 이야기를 담고 있었다.

"여행지의 풍광은 순간의 감상으로 끝나지 않고 오래 간직된단다. 때로는 그 풍광이 우릴 그리움으로 이끌기도 하지."

반응 없는 5교시 교실은 가수면 상태에 빠져 있었다. 유일하게 눈을 뜬 김하늬도 이해 못 하는 눈치지만 난 공감했다. 눈에 안개가 피는 이유도 밝혀졌다. 여행지의 풍광이 내 마음에 간직된 탓이었다. 유레카!!!

아빠와 함께 가장 멀리 갔던 곳은 무주였다. 삼 년 전 여름, 선천성 휴식 결핍자인 아빠를 졸라서 겨우 떠난 피서였다. 가족들은 가장 시원한 계곡을 찾느라 며칠을 고민했다. 우리도 해외여행 한 번 가자고 조르고 싶었지만, 꾹 참았다. 어차피 불가능한 일이었다. 몇 달간 꿀빵 판 돈을 한 푼도 안 쓰고 모아야 가능한 일이었다.

「노래야, 해외여행 가고 싶지? 삼 년만 기다려줘. 언니 대학 졸업하고 간호사 되면 생각해 보자.」

헉! 그때 아빠가 고성능 인간 스캐너라는 사실을 눈치챘다. 결국, 가족 여행지는 봉우리가 높고 계곡이 깊은 무주로 정해졌다. 그곳이 어디든 함께여서 좋았다. 아껴뒀던 용돈으로 가족들에게 아이스크림도 샀다. 안개 낀 무주를 아빠 트럭으로 달리면서 즐거웠다. 아침부터 큰 소나기가 내린 그 날, 먼 산은 안개에 덮였고 하늘은 산꼭대기 아래까지 내려와 있었다. 세상은 온통 여름 향기로 가득했다. 비가 멈춘 뒤라 초록 풀잎들이 싱그럽게 반짝였다. 구불구불 덕유산 고개를 오를 때는 안개가 점점 짙어졌다. 가시거리가 이십 미터도 안 됐다. 앞도 뒤도 옆도 안개였다. 풍경은 안개 바다 아래로 사라지고 세상 위에 우리 가족만 둥둥 떠 있는 것 같았다. 점점 높이 하늘을 향해 올랐다.

"아빠, 우리 지금 하늘로 올라가는 것 같아."

"설마 아빠 트럭이 천사의 수레는 아니지?"

소리 내서 웃던 그때 참 좋았다. 트럭이 산길을 돌아 꼭대기에 닿았을 때는 걸어서 오른 것처럼 숨이 찼다. 그만큼 아름답고 그만큼 무서웠다. 아빠는 신께서 지켜 주시니 안심하라고 말했지만 나는 아빠가 있어서 든든했다.

정확히 삼 년 뒤 언니는 종합병원 간호사가 됐지만, 아빠는 여행을 떠날 수 없게 됐다. 집에 누운 아빠는 혼자서 꿈속 여행을 하고 있을지도 모른다.

점심시간 하릴없이 이곳저곳을 돌다가 송준서와 딱 맞닥뜨렸다. 졸업하면 헤어질 터라 참던 중인데 동선이 겹쳐버렸다. 나를 알아본 순간, 송준서의 얼굴이 창백해졌다. 거리가 가까워질수록 초조한 기색이 역력했다. 깊은 눈빛은 뭔가를 감춰둔 것처럼 비밀스러웠다.

"저어, 노래야. 사과하고 싶어. 받아 줄래?"

"듣고 싶지 않아. 사과 한마디로 상처가 해결돼?"

단칼에 자르고 돌아서는데 또 명치가 아팠다. 내 마음, 참 모를 일이었다. 딱히 갈 곳이 없었다. 교실도 도서관도 운동장도 아이들 때문에 불편했다. 어디든 따가운 눈총이 쏟아졌다. 어느새 초딩 시절과 현재의 구분이 사라졌다. 따돌림의 상처를 떨쳐내려 해도 쉽지 않았다.

뭔가에 이끌리듯 상담실로 향했다. 두 번째 방문에도 상담 샘은 반갑게 맞아주셨다.

"음악제가 한 달밖에 안 남았네. 노래야, 준비 잘 돼가고 있어?"

내 이름도 계획도 잊지 않고 있었다. 코코아 잔의 온기가 손바닥을 타고 마음으로 번져왔다. 괜히 코끝이 찡했다. 내일 아침에 일어나면 바뀌어 있길 바라는 소원이 생겼다고 고백했다.

"그래? 궁금하네. 노래 소원이 뭘까?"

"아빠 음성을 듣고 싶어요. 우리 아빠, 지금 많이 아프거든요."

요 며칠 아빠는 거의 먹지 못해서 기저귀에 노란 물만 묻혀 낸다. 간호사인 언니 말로는 비어 있는 창자에 담즙이 분비돼 나온 거라 했고, 작은고모 말로는 생명이 꺼져가는 신호라고 했다. 눈은 움푹하고 뺨은 더 깊어졌다.

"그렇구나. 걱정이 많겠네. 언제부터 아빠 음성이 듣고 싶었어?"

"요즘 더 듣고 싶은데… 생각해 보면 처음부터 쭉 듣고 싶었던 거 같아요. 우리 아빠 농인인데, 여름에 쓰러져서 투병 중이거든요."

상담 샘은 가만히 내 눈을 들여다봤다. 공감을 듬뿍 담은 눈빛이었다. 시야가 뿌옇게 흐려졌지만 그대로 내버려 뒀다.

"노래야, 사람들의 무의식엔 그리움이 출렁이고 있어. 출렁임이 일정하지 않아서 어느 순간 왈칵 몰려오는 것 같지만, 사실 우린 늘 누군가를 그리워하고 있어. 아빠 음성을 듣고 싶은 마음도 그리움과 같아."

상담 샘 말대로라면, 그리움은 달의 주기와 닮은 듯했다. 아빠 곁에서 일정하게 돌고 싶지만 언젠가는 먼 궤도를 돌아야 할지도 몰랐다.

"노래야, 아빠가 내일 아침 음성을 들려줄 수 있다면 뭐라고 말씀하실 것 같니?"

"음… 친구들에게 흑설탕과 벌꿀이 돼주라고요."

"흑설탕과 벌꿀?"

선생님의 눈이 동그래졌다. 외계어를 남발하는 제자가 황당할 터였다.

"허니 프랜드가 되라는 거죠."

"그렇구나. 내가 보기엔, 아빠가 이미 음성을 들려주신 것 같아. 굳이 말로 표현하지 않아도 마음이 전달되니까."

상담 샘은 확신 어린 눈빛으로 고개를 끄덕였다. 생각해 보면, 먼 궤도로 떠났어도 달은 여전히 지구 주변을 돌고 있었다. 지구에서 보이지 않는 블랙 문일 때도 사실은 온 마음을 다해 지구를 바라보고 있다는 걸 깜빡했다. 음성과 손으로 표현하지 못해도 여전히 나를 바라보며 사랑해 주는 아빠였다. 작은 위로가 스몄다. 나도 언젠가는 꼭 누군가에게 흑설탕과 벌꿀이 되고 싶었다.

송이야, 하늬야, 너희들의 우정을 완전히 믿지 못했어. 보이지 않는 가면이 있다고 의심했어. 아빠 투병 사실 감춘 거 미안해. 힘들어서 현실로 받아들이고 싶지 않았나 봐. 꿀빵 없는 우리 관계는 상상도 하기 싫었어. 깨져버릴 것 같았어. 앞으로는 기쁨과 슬픔을 함께 나누는 친구가 되어 볼게. 미안하지만, 다시 마음을 열어 준다면 너희들과 함께 노래하고 싶어. 나에게 한 번만 더 기회를 줄래? 나, 아빠에게 맛있는 노래를 들려줘야 해. 먹고 힘낼 노래 말이야. 아빠에게 내 사랑을 증명하고 싶어.

기말고사 공부에 빠진 둘의 책상에 쪽지를 올려놓고 교실을 빠져나왔다. 밤새 지우고 쓰기를 반복하다 겨우 작성한 사과 쪽지였다. 꿀빵 레시피 4번을 읽은 이후 내내 아빠가 질문하는 것 같았다.

「너의 흑설탕과 벌꿀은 누구니? 너는 누구의 흑설탕과 벌꿀이니?」

귀를 틀어막아도 소리는 끈질기게 따라다녔다. 돌아보면, 하이에나들이 득실대는 사바나에서 둘이 없었다면 버티지 못했을 테다. 있는 그대로 나와 함께 해준 시간이 새삼 고마웠다. 청각 장애인을 위한 장갑이 개발됐다고 기뻐해 준 것도, 꿀빵 클럽의 노래를 풍경 화면으로 연동하자고 제안해 준 것도 그 둘이었다. 아홉 번의 고마움보다 한 번의 서운함만 기억하는 나는 공갈빵이었던 거다.

"빅 뉴스야, 빅 뉴스! 교무실 앞 징계 공고문에 김모나 이름이 떴어."

"왜? 왜?"

뛰어 들어온 박민서는 숨을 헐떡이며 궁금증을 유발했다. 호기심에 우르르 몰려든 아이들 앞에서 꼴깍, 침까지 삼켰다.

"두 가지 죄목이래. 절도와 학교 폭력 가해!"

여기저기서 탄식 소리가 터져 나왔다. 김모나가 무언가를 훔쳤고 누군가를 괴롭혔다는 얘기였다. 오늘 김모나가 결석해 감기에 걸린 줄 알았다. 담임 샘은 병결이라고만 했다.

박민서가 전한 소식으로는, 김모나가 훔친 건 시 액자였다. 방과 후 아무도 없는 복도에서 액자를 떼어낼 때 목격자가 있었는데, 뒤늦게 양심선언 차 제보했다는 거다. 훔친 이유가 궁금해 아이들의 질문은 속사포처럼 쏟아졌다. 박민서는 다시 꼴깍, 마른침을 삼켰다.

"아이들 말로는 송준서의 시를 갖고 싶었대. 그런데 참 이상해. 시를 갖고 싶다면 외워 버리면 될 걸 왜 굳이 액자를 훔쳤을까?"

"그럼, 학교 폭력은 어떻게 된 거야? 빨리 말해 봐."

벌겋게 달아오른 박민서는 아이들의 재촉 속에 엉뚱한 반응을 보였다. 다짜고짜 전학 간 유리가 불쌍하다며 울상이 됐다. 호기심이 극에 달한 아이들 머릿속으로 1학기 왕따 사건이 소환됐다.

"글쎄, 유리를 왕따 만들려고 뒤에서 조종한 게 김모나래."

아이들의 시선은 김모나 똘마니들에게로 쏠렸다. 시치미를 떼고 앉아 있었지만, 다 알고 있는 눈치였다. 다퉜는지 그제와 어제 김모나는 무리와 떨어진 채 혼자였다. 한문 실력을 빌리자면 사필귀정!

역시 정의는 살아 있었다.

그런데 간절히 기다려 온 시간치고는 싱거웠다. 만세를 외치기는 커녕 마음이 복잡해졌다.

"그럼, 김모나 출석은 어떻게 되는 거야? 등교 정지 먹었어?"

"쉿."

오른손 검지를 입술에 댄 박민서가 비밀 누설자처럼 목소리를 낮췄다. 듣던 아이들도 덩달아 어깨를 움츠렸다.

"상담실로 바로 등교하나 봐. 10시쯤 등교해서 잠깐 있다가 집으로 간대. 상담실에라도 오면 일단 출석은 인정되니까."

주인 없는 김모나의 자리가 휑했다. 고도 높은 눈을 안 봐서 안구는 정화되겠지만, 결말이 어이없었다. 반전의 묘미도 쾌재의 즐거움도 없는 결말이었다. 그러게, 좀 착하게 살지.

아빠의 기침이 더 심해졌다. 격렬하게 쏟아질 때는 얼굴까지 빨개져서 단풍잎처럼 변한다. 아빠 얼굴을 볼 수 있는 시간을 아껴 쓰고 싶다. 그리스도가 제자들에게 빵을 나누어줄 때도 '이것은 내 몸이니'라고 했지 '내 영혼이니'라고 하지 않았다. 마태 씨가 증인이다. 사람은 몸으로 빵을 먹고, 자라고, 사랑을 표현한다. 눈 마주치며 웃고, 귀엽다고 뺨 만져주고, 손으로 대화 나눈다. 가족을 위해 고생하며 빵을 구웠던 것도 아빠의 영혼이 아니라 몸이었다.

"아빠."

딸의 입 모양을 보고 힘없이 두 번 깜빡거리는 눈. 응, 이라는 대답이었다.

"개교 50주년 기념 음악제 잊지 않았지? 그날 꿀빵 클럽이 노래 부른다고 했지?"

아빠는 눈을 좀 더 크게 떴다. 그래, 라는 즐거운 대답.

"양송이랑 나, 무슨 노래 부르는지 알아?"

가만히 있는 눈. 글쎄 뭐지? 라는 답. 난 역시 눈치 9단이었다.

"〈생명의 양식〉 부르기로 했어. 성찬식 때 부르는 노래 있잖아."

눈을 조금 더 크게 뜨는 아빠. 무슨 뜻인지 모호했다. 주일 학교를 끊은 네가 성가곡을 불러?, 라는 의문일 수도 있고, 멋진 노래 부르네, 라는 격려일 수도 있었다. 무슨 뜻이든 아빠가 좋아하면 그것으로 충분했다.

"아빠 앞에서 먼저 한번 부르고 싶은데, 어때?"

최대한 눈을 크게 뜨는 아빠. 좋다는 뜻이었다.

"♬ 파니스 안젤리쿠스, 핏 파니스 호미눔, 닷 파니스 코엘리쿠스, 피구리스 테르미눔. ♬"

딸의 노래를 보고 있는 아빠 내면에는 어떤 세계가 존재하는지 궁금했다. 소리 하나 없는 정적의 세계와 손가락 하나 까딱할 수 없는 정지의 세계, 그 교차점에 홀로 서 있는 기분 말이다. 완전히 공감해줄 수 없어 안타까웠다.

"어휴, 너 때문에 이탈리아어가 참 고생이다."

세탁한 시트를 들고 화장실에서 나오던 언니가 독화살을 날렸다. 이탈리아어 아니고 라틴어거든, 빽 소리 지르며 반항해도 언니의 강철 눈빛은 아랑곳하지 않았다.

"그게 그거야. 무식하기는. 아빠도 네 발음 듣기 힘들어서 다시 잠을 청하잖아."

"아니야! 아빠는 내 노래 정말 좋아해!"

"네 발음 들어보면 딱 상황 나와. 내 귀엔 고문이다, 고문이야."

언니가 구박해도 아빠는 분명 노래를 들었을 거라 믿고 싶었다. 어쩌면 거실 천장을 뚫고 하늘까지, 우주까지, 아주 먼 우주까지 퍼져가는 노래를 보고 있을지도 몰랐다. 아빠 가슴 안에서 아름답게 울려주었으면 싶었다.

김모나가 일주일째 교실에 나타나지 않았다. 솔직히 후련하지만, 투쟁 의지가 약해진 건 사실이다. 양송이는 뭔가 알고 있는 눈치인데 입을 굳게 다물고 있었다. 점심시간, 벤치에 나란히 앉은 틈에 무심한 척 떡밥을 던졌다.

"김모나 안 보니까 십 년 쌓인 스트레스가 확 날아가는 기분이야."

"노래 넌 그렇겠지. 모나가 못살게 굴었으니까."

"양송이 넌 지금 김모나 없어서 서운하다는 뜻이야? 설마 김모나 좋아했어?"

갑자기 어두워진 양송이가 얄미워서 어깃장을 놓았다. 얄미운 나머지 친구의 교우 관계에 개입하지 않는다는 철칙을 깨고 말았다.

"모나를 특별히 좋아하진 않지만 미워할 이유도 없지."

양송이의 텅 빈 시선이 허공에 닿았다. 평소답지 않게 진지한 시선이 맘에 걸렸다. 그간 입속에만 넣어 뒀던 말을 꺼내기로 했다.

"송이야, 나 사실 요즘 너무 겁나. 아빠 상태가… 진짜 많이 안 좋아."

"상태가 더 나빠지셨어?"

"너까지 우울해하지 않는다면 말할게. 기념 음악제까지 버틸 수 있을지 모르겠어. 꼭 꿀빵 클럽의 노래를 선물하고 싶은데, 가능할까?"

김모나를 향한 양송이의 진심이 내 상황을 털어놓게 했다. 아빠가 의식을 잃게 되면 둘은 손절을 선언할지도 몰랐다.

"노래야, 어떡해. 우리 기도하면서 준비해야겠다."

눈시울이 붉어진 양송이버섯. 영양 상태 제로라 신선 보관이 필요해 보였다. 덩달아 나도 뜨거운 게 목에 차올랐다. 짐짓 웃으며, 아플 때도 내 아빠라고 양송이를 안심시켰다.

"솔직히 말해줘서 고마워. 하늬랑 나, 네 아빠 찾아봬도 될까? 그동안 공짜 꿀빵 많이 먹었는데, 고맙다고 인사하고 싶어."

갑작스러운 제안에 당황했지만, 아빠에게 물어보겠다고 약속했다. 양송이가 따뜻하게 손을 잡아주자 어색했지만 그대로 있었다.

"노래야. 너도 모나 아빠 베트남에 계신 걸로 알고 있지?"

"그거 모르는 애도 있어? 아빠 선물 자랑에 귀가 아플 지경이었잖아."

"사실은 모나 아빠 베트남 여자분이랑 결혼한 지 사 년 넘었어. 지금 하노이에 살고 있는데 재혼하자마자 일방적으로 연락을 끊었대. 그러니까 그게 우리 초등학교 5학년 때 일이야."

얼마 전 아빠가 스마트워치 사줬다며 자랑했는데 연락 두절 상태라니, 아연실색! 실화로 받아들이기엔 충격이었다. 내 상상 속 김모나 아빠는 고급 슈트 차림에 인자한 미소를 머금은 신사였다. 양송이는 모나도 아빠와의 이별을 현실로 받아들이지 못했을 거라며 두둔했다.

"어쩌면 지금도 아빠가 곁에 있다고 생각하는지도 몰라."

"무슨 미친 짓이래?"

다혈질 폭발에도 양송이 표정은 무덤덤하다 못해 조금 슬퍼 보였다.

"노래 네가 방금 그랬잖아. 아플 때도 네 아빠라고. 모나도 비슷한 감정 아닐까? 떠나 있어도 여전히 아빠니까. 사실 모나 엄마도 작년에 재혼해서 대전으로 옮겨갔대. 지금 외삼촌 집에 얹혀살고 있는데 많이 외로운가 봐."

"외로우면… 뭐, 남을 속여도 돼?"

"모나를 미워할 수 없는 이유라는 뜻이야. 내가 그 입장이라면 힘들 것 같거든. 처음엔 진실을 숨겼다가 나중엔 알려질까 봐 두려웠겠지. 1학기 때 유리 따돌린 사건 있었지?"

아빠와의 단절과 엄마의 재혼을 유리에게 고백했는데, 어떤 일로 사이가 틀어졌다고 했다. 유리가 김모나의 비밀을 터뜨리겠다고 했고 두려워진 김모나는 유리를 선제공격했다는 것이다. 듣고 보니 황당했다. 완벽한 가해자도 피해자도 없는 사건이었다. 김모나도 민유리도 내가 알고 있던 아이가 아니었다. 한 사람을 제대로 알려면 생각보다 많은 시간이 필요해 보였다. 다들 선입견으로 판단하며 사는지도 모를 일이었다. 그래도 내겐 도무지 이해할 수 없는 김모나였다.

"그럼, 왜 아무런 상관없는 나를 공격했대?"

"이유가 있었지. 모나의 재능이 노래인데, 사실 노래로는 이노래가 최고잖아. 송준서의 관심도 한몸에 받고 있고. 그리고 또."

"또 뭐?"

"자기 비밀을 알고 있는 나랑 제일 친한 아이니까."

어이가 없었다. 비싼 레슨과 송준서의 위로, 양송이의 격려로 만족하지 못한 모양이었다. 그렇다고 왜 우리 아빠까지 모욕했는지 따졌다. 돌아온 답에 황당했다.

"네 아빠가 널 많이 사랑하는 데다 우리까지 네 아빠를 좋아하니까. 아빠와 잘 통하는 딸, 모나가 가장 부러워하는 그림이지."

얼굴이 분화구처럼 뜨거워졌다. 아빠가 사라지면 미워하지 않겠단 뜻으로 들려서 속상했다. 김모나 아빠 지인의 딸이 파도타기로 건너와 인스타그램에 댓글을 남겼다고 했다. 아빠와 연락이 안 될텐데 어떻게 스마트워치를 선물 받았냐는 질문에 거짓말이 탄로

났다는 거다. 액자 절도 건으로 학생 선도 위원회도 곧 열린다고 했다.

"어쨌든 안쓰러워. 노래 넌 이해할 것 같아서 얘기해 주는 거야."

"내가 이해할 것 같다고?"

"지금 아빠에 대한 사랑이 누구보다 절절한 건 너니까."

김모나도 아빠를 사랑해서 손절이 슬펐을 테지만, 남을 모욕하는 게 해결 방법은 아닐 터였다. 아빠 말이 또 들어맞았다. 김모나는 자기 마음이 전쟁 중이라 남을 괴롭힌 거였다. 딱딱 들어맞는 아빠의 말, 말, 말. 그렇다면 꿀빵 레시피도 맞는 얘기라는 뜻이었다. 그래도 김모나의 흑설탕과 벌꿀이 되긴 싫었다.

"안녕하세요? 보스. 꿀빵 클럽 창단 신고하러 왔어요."

"꿀방 클럽의 전 회원, 보스께 인사드려요."

오랜만에 집 안에 화사한 빛이 비쳐들었다. 양송이와 김하늬는 아빠에게 손 경례까지 붙이며 거창하게 인사를 건넸다. 밝은 미소가 아빠에게서 엄마에게로, 언니에게로 동심원처럼 번졌다. 둘은 꿀빵 사촌 격인 단팥빵을 사 왔다며 빵 봉지를 아빠 얼굴 앞에 대고 흔들었다.

"우리가 이제야 인사 와서 괘씸하죠? 아프신 걸 늦게 알았지 뭐예요."

양송이의 너스레가 고모의 넋두리보다 나아 보였다. 눈을 반짝이던 김하늬는 어서 수어로 통역하라며 내 옆구리를 찔렀다.

"개교 50주년 기념 음악제 때 꿀빵 클럽 노래 보고 싶으시죠? 제가 우리 노래를 볼 수 있게 아니, 들을 수 있게 해드릴게요."

아빠가 눈을 두 번 깜빡이며 생기를 머금었다. 딸의 노래를 듣는다는 건 무슨 뜻인가 싶어 엄마와 언니의 시선도 김하늬에게 꽂혔다. 김하늬는 참가자들의 노래를 무대 영상과 연동할 계획이라며 꼴깍, 침을 삼켰다. 인공 지능의 도움을 받아 무한대의 풍경 사진을 재생할 거라는 포부까지 밝혔다.

"참가자들이 노래하면서 느끼는 감정이 있잖아요. 쉽게 말하면 그 감정에 딱 맞는 풍경이 무대 영상에 재생되는 거예요. 전교 학생회를 통해 교장 선생님 허락도 받았어요. 보스 사연을 듣고 인공 지능 프로그램 회사에서 재능 기부하기로 했고요. 우리 학교 정보 샘도 돕겠다고 했어요."

쓰나미처럼 덮친 감동에 어색함도 잊어버렸다. 가족들은 숨소리만 내고 있고 수어 통역하던 내 손도 멈췄다. 어마어마한 이벤트를 상상도 못 했다. 성급한 우리 아빠, 벌써 눈에 가득 눈물을 담았다.

"그리고 또 하나, 놀라운 기능이 있긴 한데…."

김하늬가 잠깐 숨을 고르자 이번엔 우리 가족이 꼴깍, 마른침을 삼켰다.

"보스 손가락에 동작 감지 선을 연결할 거예요. 만약에, 정말 만약에, 우리 노래를 듣다가 기적이 일어난다면…."

"김하늬, 왜 머뭇거려? 전문성 떨어져 보이잖아."

성격 급한 양송이의 재촉에 김하늬는 눈총을 쏘면서 설명을 계속했다. 아빠가 우리 노래를 화면으로 보다가 손가락을 아주 조금이라도 움직이면 풍경 영상이 두세 배로 강화될 거라고 했다.

"강화되다니? 어떻게? 그게 무슨 뜻이야?"

수어 통역도 잊고 김하늬에게 속사포 질문을 던졌다. 이번엔 김하늬가 워, 워, 진정하라는 손짓을 보내고는 브리핑을 이었다. 아빠가 손가락을 움직이면 영상에 뜬 파란 하늘은 더 새파래지고 빨간 사과는 더 새빨개지는 원리라고 했다. 결국, 우리 집 거실에 누운 아빠의 작은 손 떨림이 멀리 떨어진 교회 강단의 대형 화면을 움직인다는 얘기였다. 여리고 여린 나비의 날갯짓이 태풍을 몰고 오는 원리와 다를 바 없어 보였다. 박제된 나비의 첫 날갯짓은 상상만으로 벅찼다.

"아!"

약속이라도 한 듯 우리 가족은 탄성을 쏟아냈다. 손가락 끝을 움직일 수 있다면 아빠는 나비처럼 훨훨 날아오를지도 몰랐다. 김하늬는 미래 노벨상에 빛나는 영재다웠다.

"보스께서는 손가락과 컴퓨터를 연결한 채로 화면을 통해 우리 노래를 보실 거예요."

고마운 마음을 어떻게 보답하냐며 엄마는 글썽해진 눈으로 인사했다. 고맙다면 빨리 완쾌해서 꿀빵을 구워달라는 김하늬의 요청에 아빠는 감동의 쓰나미 속에 잠겨버렸다. 진지한 분위기가 집안을 덮어버리자 급수습에 나선 양송이, 꿀빵이 먹고 싶다며 입맛을 다셨다.

"그럼, 꿀빵 사촌 단팥빵이라도 먹을래?"

언니가 얼른 단팥빵을 우유와 함께 내왔다. 꿀빵 클럽의 시선이 단팥빵으로 몰리는가 싶은 찰나, 거실은 이내 폭풍 흡입 소리로 요란해졌다. 오랜만에 커튼이 열린 거실 밖으로 파란 하늘이 드높아져 있었다.

친구 둘이 영어 논술 동아리와 과학 동아리에 가고 나자 심심해졌다. 교내 합창 동아리에 들지 않은 걸 후회했지만 어쩔! 그래도 나에겐 갈 곳이 있었다.

똑. 똑. 똑.

상담실 안에선 아무런 반응이 없었다. 교무실에 갔는지 상담 샘도 안 보였다. 잠깐 기다렸다가 따뜻한 코코아를 얻어 마시기로 했다. 그런데… 안쪽 개인 상담실에서 이상한 흐느낌이 들려왔다. 소리가 낮고 깊었다. 누군가 가슴에서 뜨거운 울음을 토해내는 것 같았다. 고민을 털어놓는 곳이니까 당연히 우는 아이도 있을 터였다.

호기심을 못 이기고 한 발 한 발 다가갔는데… 고개를 푹 숙인 뒷모습은 익숙한 똥 머리. 상담실에 잠깐 왔다가 귀가한다는, 박민서의 말이 떠올랐다. 기회를 놓치고 싶지 않아 개인상담실 문을 노크했다. 돌아보는 김모나의 얼굴은 눈물로 얼룩진 채였다. 양송이의 말이 사실이라면 깊은 슬픔에 빠진 상태로 보였다. 트라우마로 훼손당한 심장에 힘을 주며 꿋꿋하게 문을 열고 들어갔다. 의자를 소리 나게 당기고는 마주 앉았다. 김모나는 빛의 속도로 눈물을 닦아내고 본래의 사나운 눈빛을 되찾았다.

"김모나. 눈빛이 여전하다는 건 반성 1도 없다는 뜻이지?"

묵묵부답인 채로 김모나는 허둥지둥 가방을 챙기기 시작했다. 상담 테이블 위에 놓인 심리 그림이랑 채색 도구, 핸드폰과 감사 일지를 가방에 쑤셔 넣기 바빴다. 마주 보고 싶지 않다는 태도였다.

"김모나, 사과받고 싶어. 네가 진심으로 사과하면 나도 사과할게. 우리 아빠 농인이고 지금 투병 중인 거 맞아. 솔직히 말하면 언제 떠날지 몰라. 기념 음악제 내 노래 들으려고 버티는 중이야. 그런데 넌 그 사실을 조롱했어. 마치 네 가족은 평생 병들지도 떠나지도 않을 것처럼 말이야. 왜 그랬어?"

네 아빠가 널 떠났으니 누구보다 내 맘 잘 알 텐데, 라는 말은 삼켰다. 양송이와 김모나의 우정을 깨뜨릴 수는 없었다. 김모나는 아무 말도 듣지 않겠다는 듯 자리에서 벌떡 일어섰다. 마지막 기회를 놓칠 수 없어서 나도 벌떡 일어섰다.

"너한텐 죽음과 맞서 싸우는 투병이 장난처럼 보였니? 아빠 때문에 아픈 내 마음, 조금도 공감 못 하겠어?"

김모나의 앙다문 입술이 바르르 떨렸다. 사나운 눈에 눈물이 고인 건 그때였다. 어깨에 메려고 들었던 가방을 테이블에 툭, 다시 떨어뜨렸다. 그러건 말건 김모나의 행동 하나하나를 주시하며 따졌다.

"왜 그랬냐고 묻잖아. 대답해 줘."

"다들 이노래 너만 사랑하는데… 웃긴 건 너만 그걸 모른다는 거야."

겨우 입을 뗀 김모나가 사과는커녕 변명을 늘어놓았다. 피해자 흉내와 비논리를 휘핑하기 시작했다. 자기 슬픔이 세상에서 가장 크게 느껴질 테지만, 이기심에서 벗어나지 못한 행동은 여전했다.

"설마, 부러워서 나를 쓰레기 취급했단 얘기니? 그랬다면 양송이나 김하늬가 저격 대상으로 더 적합할 텐데?"

그대로 서서 허공을 응시한 채 김모나는 대답을 회피했다. 급기야 몸을 돌려 상담실을 빠져나가려고 했다. 아무 대화도 없이 미움을 그냥 덮어둘 거냐며 따졌다. 기어이 김모나는 돌아서면서 등 뒤로 결정적인 변명을 던졌다.

"부러웠어. 내가 갖고 싶은 걸 네가 다 가졌으니까. 나보다 잘난 거 하나 없는 너에게 화가 났어. 꼴 보기 싫었어. 그래서 그랬어."

허탈해졌다. 열등감 덩어리를 부러운 눈으로 바라본 경쟁자가 있었다니. 참 모를 일이었다. 사람 사이의 함수 관계는 풀지 못할 고난이도 문제 같았다. 역시 인생은 함무라비 법전만으로 해결할 수 없는 거였다.

화덕과 온도

아침부터 축축하던 잿빛 하늘에 진눈깨비가 흩날리기 시작했다. 첫눈이었다. 난 사계절 중 겨울을 가장 좋아한다. 뜨거운 화덕 앞에서 빵을 구워야 하는 아빠에게 그나마 편안한 계절이기 때문이다. 손님들이 따끈한 김에 이끌려 꿀빵을 가장 많이 먹는 계절이기도 하다.

그런데 정작 아빠가 겨울을 좋아하는 이유는 따로 있다. 작년 겨울 함박눈이 내린 날, 아이처럼 좋아하길래 물었다.

"눈 오는 게 그렇게 좋아? 트럭 운행도 어렵고, 눈에 홀려서 사람들이 꿀빵도 사지 않을 텐데."

「뭐 하러 꿀빵을 사 먹겠니? 하늘에서 저렇게 많은 빵이 내려오고 있는데.」

"와, 못 말리는 상상력. 어릴 때 배고팠던 기억이 트라우마가 됐구나. 쯧쯧."

「상상력 아니고 진짜야. 나무와 풀이 하늘에서 내려오는 빵을 실컷 먹는 날이야. 봄에 다시 살아날 힘을 모으는 거지. 나중에 꽃도 피우고 열매도 맺어야 하니까.」

"전엔 하늘에서 쏟아지는 밀가루라고 했잖아. 그런데 오늘은 또 빵이야?"

「밀가루도 빵도 생명을 살리는 양식이니까 같은 거야. 지금 세상 모든 것들이 배불리 먹고 있는 소리가 들려.」

들떴는지 아빠 수어는 점점 커졌고, 소리가 들린다는 허위 발언도 서슴지 않았다. 착각을 한심하게 여기며 배배 꼬인 대답을 날렸다.

"아빠 말대로라면 나무랑 풀들, 오늘 과식해서 배 터지겠다."

오늘 드디어 첫눈이 내린다고 은호 씨를 깨워서 알려주고 싶었다. 부쩍 잠이 늘어난 은호 씨가 하늘에서 내리는 빵을 먹고 기운을 차릴지도 몰랐다.

"아빠."

소곤소곤 불렀다. 눈을 뜨지 않았다.

"아빠."

귓가에 대고 다시 불렀다. 헉! 나도 모르게 소리를 듣는 것처럼 굴었다. 지금 아빠에게 귓속말은 뺨을 살짝 만지는 것이다. 손끝에 닿는 얼굴 뼈가 앙상했다.

"지금 밖에 눈 와. 첫눈이야."

눈꺼풀이 가볍게 떨렸다. 아주 살짝 열리긴 했는데 딸을 보는 건지는 알 수 없었다.

"지금 나무랑 풀들이 빵 실컷 먹고 있어."

아빠 입술에 희미한 미소가 스쳤다. 아빠도 눈꺼풀이 무거워진 듯했다. 아무리 눈을 뜨려고 해도 잠의 블랙홀로 빨려드는 5교시처럼.

그런데 이상한 건 눈은 못 떠도 입술은 미소를 머금고 있다는 것. 어쩌면 네 살 꼬마로 돌아가 큰누나 등에 업혀 눈 내리는 풍경을 보는 건지도 몰랐다. 아빠는 행복해 보였다.

액정에 뜬 건 모르는 번호였다. 동아리방에서 처절하게 연습하고 돌아가는 길이라 전화 받기도 귀찮았다. 계속 울리는 통에 한참 만에 받았다.

"노래니?"

"네, 그런데요. 누구세요?"

"혹시 나 아는지 모르겠네. 아빠 친구 마용희 샘이야. 청소년 시립 합창단 신청서 전해줬었지?"

의외였다. 부천 시립 합창단 소프라노 수석 샘이 내게 전화할 일은 없었다. 부천 시내에선 굉장히 유명한 분이고 오페라 공연에서 주연을 맡는 실력자라고 들었다. 부모님과 함께 자주 공연을 관람하는 양송이 말로는, 〈라 트라비아타〉의 여주인공 '비올레타' 역도 〈라 보엠〉의 여주인공 '미미' 역도 마용희 선생님이 맡아왔다고 했다.

"안녕하세요. 6월에 입단 신청서 주셔서 감사했어요. 그런데… 실력이 안 돼서…."

밤거리에도 쥐구멍은 없었다. 신경 써서 아빠에게 신청서까지 전해줬는데 망쳤던 거다. 가곡 〈별〉의 흑역사가 다시 떠올라서 이불킥하고 싶은 마음이었다.

"아니야. 오디션에서 노래의 노래 실력이 뛰어났다는 얘기 들었어."

"네? 그럴 리가…."

"알고 보니 우리 단원 한 사람이 그날 반주자로 참석했었대. 노래 목소리가 굉장히 고운 소프라노라고 했어. 조금만 다듬으면 정말 예쁜 소리가 될 것 같댔어."

"정말이요? 착한 눈으로 봐주셔서 그래요. 감사하다고 전해주세요."

수석 샘은 위로해줬지만, 반주와 노래가 끝까지 엇박자인 대참사였다. 분노한 상태로 불렀으니 듣는 사람들에게도 더러운 마음이 그대로 전달됐을 터였다.

"아빠는 좀 어떠셔?"

"언니 말로는 심각한 상황이래요."

"그렇구나…."

마용희 샘은 아빠의 오랜 친구다. 푸드 트럭 옆 건물 3층에 개인 레슨실이 있는데, 샘도 학생들도 배가 고파 꿀빵을 자주 사 간다고 들었다. 넉넉하게 담아주는 인심에 십 년 단골을 넘어 아빠랑 친구가 돼버린 거다. 우정이 깊어지면서 샘은 간단한 수어까지 익히게 됐다.

"장기 해외 연수 나갔다가 며칠 전에 돌아왔어. 어제 레슨실에 들렀는데 길에서 고현심 할머니를 만났지 뭐야. 뒤늦게 은호 씨 얘길 들었어. 할머니가 자꾸 조르니까 수원 씨가 얘기해줬나 봐."

수원 언니답지 않았다. 아빠의 귀환을 기다리는 할머니의 기대를 물거품으로 만들어버리다니. 착한 수원 언니도 눈치 9단 고 할머니의 고집을 꺾지 못했을 터였다.

"오늘 내가 전화한 이유는 아빠한테 진 빚을 갚으려는 거야."

그럴 리가 없었다. 겨우 먹고 사는 형편에 꾸어주다니, 뭔가 착각하고 있는 게 분명했다.

"지난 오 년간 덤으로 받은 공짜 빵이 많아. 은호 씨 덕분에 배불리 먹고 힘을 얻었거든. 사랑이 듬뿍 든 빵이라 마음의 배도 불렀어. 지칠 때마다 은호 씨 미소 보면서 힘내곤 했어. 추운 겨울밤에도 웃는 얼굴로 덤을 얹어주곤 했는데… 은호 씨 꿀빵이 그립네."

먹먹해진 수석 샘도 나도 잠깐 말을 잊었다. 괜히 올려다본 하늘엔 별 두어 개만 희미했다. 친구 때문에 상심한 수석 샘을 위로해줘야 할 것 같았다.

"아빠도 쓰러지기 전에 자주 얘기했어요. 선생님처럼 아름답게 노래하는 사람이 되라고."

"그랬구나. 은호 씨 참 고맙네. 노래야, 1월부터 나한테 레슨 받자."

"네?"

"레슨비는 따로 없어. 아빠한테 줘야 할 빵값을 레슨으로 갚는 거니까. 아무래도 빵값을 다 갚지 못할 것 같아서 노래가 대학 입학할 때까지만 해줄 생각이야. 그러니까 나, 삼 년 만에 빚 청산하겠다는 뜻이야."

"아! 레슨비가 얼마나 비싼데 말도 안 돼요. 아빠가 알면 안 된다고 할 거예요."

"아니야. 빵은 값으로 매길 수 없을 만큼 더 비싼 거였어. 빚진 사람은 갚을 의무가 있으니까 안 된다는 말은 하지 말기! 아빠도 기뻐할 거야. 나한테 막내딸 자랑을 얼마나 많이 했는지 몰라."

목이 꽉 막혀서 대답이 나오지 않았다. 아빠가 수석 샘에게로 보낸 사랑이 나에게로 되돌아오다니. 그것도 삼십 배, 육십 배, 백 배의 크기가 돼서. 청소년 시립 합창단에 또 한 명의 결원이 생겨 1월 중순에 오디션이 있을 거라며 격려까지 해주셨다.

"다듬어서 이번엔 잘 불러보자. 아빠에게 합격 선물 드려야지."

두두둥, 심장에서 뜻밖에 경쾌한 북소리가 울렸다. 깨끗한 마음으로 부를 또 한 번의 기회가 찾아온 거다. 기념 음악제 노래를 연습 중이라고 하자 그 곡으로 오디션 보자고 하셨다.

"연말 공연 끝나고 전화할게. 그러고 보니 며칠 뒤면 크리스마스네. 미리 인사할게. 노래야, 메리 크리스마스!"

"선생님도 메리 크리스마스!"

겨울밤은 꽁꽁 얼었지만, 거리의 불빛은 따스해 보였다. 수석 샘의 목소리 잔향이 그대로 남아서 귓가에 맴돌았다. 수석 샘이 나에게 맛있는 꿀빵을 구워주려 하다니 신기했다. 은호 씨는 투병 중에도 나를 돌봐주고 있었던 거다. 아름다운 삶은 운명을 넘어설 수 있다는 희망이 스쳤다. 좋은 사람들 곁에 아빠가 오래오래 머물 수 있기를 기도하기로 했다.

"지역 유명인이랑 크리스마스 인사까지 나누다니, 이노래는 역시 잘나간다니까."

옆에서 통화를 엿듣던 양송이가 엄지척까지 하며 추켜세웠다. 괜한 칭찬은 아니란 확신에 살짝 뿌듯했다.

"아! 난 바로 영어 학원 가야 해. 한 번 가면 네 시간 연강이야."

푸념하는 양송이의 원형 얼굴에 살짝 각도가 생겼다. 피곤해 보였다.

"나도 과학학원 가면 열두 시에나 빠져나올 수 있어. 어제는 엄마 차에서 코까지 골았대."

신비감 내려놓은 김하늬도 다크서클이 입술까지 내려와 있었다.

"하늬 너, 조심해. 코 곤 거 알려지면 남학생 팬클럽은 즉각 와해야."

무한 노력은 안쓰러워도 성과를 일궈내는 둘의 모습은 부러웠다. 그에 비해 아빠와의 약속을 지키려는 내 노력은 한참 게을러 보였다.

"바로 집으로 가는 이노래가 부럽다. 아! 맞다, 실수했어. 미안해. 아빠 돌봐드려야 하지?"

자기 말에 흠칫 놀라는 김하늬의 모습이 귀여웠다. 바쁜 중에 틈을 내서 기념 음악제 영상화 작업까지 마쳤다니 역시 레전드였다. 둘에게 격려 주사를 놔주고 싶었다.

"힘내, 양송이. 대통령 해외 순방 통역 얼마 안 남았어. 김하늬도 힘내. 노벨상 수상 곧이야. 언젠가 둘 다 뉴스에서 보게 되겠지?"

어색한 칭찬이 어이없다는 듯 둘은 밤하늘을 올려다보며 킬킬거렸다. 웃음이 사라지기 전에 궁금했던 질문을 발사했다. 오늘은 무슨 일이 있어도 알고 싶었다.

"김모나 계속 결석인데, 괜찮은 거야?"

시간은 6G급으로 달려서 김모나를 못 본 지 이 주가 훌쩍 지났다. 상담실에서 우연히 만난 뒤부턴 부쩍 신경 쓰였다. 천적의 빈자리에 자꾸 눈이 갔다. 함께 어울렸던 무리는 김모나를 벌써 잊었는지 키득키득 웃으며 잘도 지냈다. 그 누구든 사라지는 건 슬픈 일인데, 어마어마한 진리를 모르는 것 같았다.

화제가 전환되자마자 양송이는 한숨을 내뱉었다. 김모나 근황을 아는 눈치였다. 어두운 밤인 데다 운동장엔 우리 셋뿐이라 고백하기에 딱 좋았다.

"사실은 지난주에 우울증 진단서 떼서 제출했나 봐. 입시도 끝났고 질병 결석 처리되니까 큰 문제는 없을 거야. 나, 지난주에 모나 잠깐 만났어."

내 눈치 안 보고 김모나에게 끝까지 프랜드가 돼주는 양송이가 대견했다. 내가 만약 외톨이가 됐다 해도 양송이는 김모나 눈치 안 보고 나를 챙길 터였다. 가면이 아니라 진심이라는 걸 왜 몰랐는지 후회가 뼈를 때렸다.

"내가 모나에게 물어봤어. 내일 아침 일어났을 때 딱 한 가지 무엇이 바뀌어 있으면 좋겠냐고."

"넌 또 나한테 들은 걸 그새 써먹은 거야? 못 말리는 따라쟁이."

분위기를 띄우려 너스레를 떨었지만 내 마음도 좋지 않았다. 상담실에서 울던 모습이 반복 재생됐다. 솔직히 김모나의 소원은 듣지 않아도 알 것 같았다. 친구들과의 오해가 풀린다거나, 손절한 아빠에게서 연락이 온다거나, 엄마가 자기 곁으로 돌아오는 것 중 하나일 터였다. 아니면 송준서의 사랑을 독차지하는 것일지도…

아, 다시 꿈틀거리는 활화산의 불씨.

"그런데, 소원이 너무 소박해서 마음 아팠어."

"그래? 김모나 소원이 뭐래?"

궁금해서 못 참겠다는 듯 김하늬가 채근했다.

"연락 끊은 아빠에게 꼭 한번 사랑한다고 고백하고 싶대. 엄마랑 이혼한 후로 이 년 가까이 아빠가 미워서 말을 안 했대. 아빠는 오해하고 있을 거라고 했어. 손절당한 게 자기 때문이라며 자책하더라고."

"김모나도 참 답답해. 지금 상황에선 현실적인 소원이 필요한 거 아냐?"

논리적으로 반문을 던지는 김하늬는 이과형 수재다웠다. 그런데 난 이해했다. 김모나의 소원이 절실한 소망이라는 걸. 양송이 말로는 김모나는 겨울방학 중에 예술고 기숙사에 조기 입사한다고 했다. 불편한 외삼촌 집에서 빨리 벗어나고 싶은 게 이유랬다. 얼마 전에 청소년 시립 합창단에서도 탈퇴한 건 의외였다. 한 인간 안에 내가 몰랐던 다른 모습을 발견할 때마다 허를 찔리는 느낌이다. 천적이 연약한 뒷모습을 갑자기 보여 주면 당황할 수밖에 없다. 김모나 마음속에도 누군가를 향한 그리움이 강처럼 흐르고 있다면… 우주까지 울려 퍼질 공명을 갖고 싶은 거라면… 마음이 급해졌다.

"송이야, 하늬야, 기말고사 끝났으니까 토요일에 나랑 어디 좀 같이 가줄래? 너희들 도움이 필요해."

"어디 가는데?"

"아빠 레시피 찾으러."

"응? 뭐래? 뭘 찾는다고?"

"같이 가 보면 알아. 김모나를 어떻게 할지 빨리 답을 찾아야 하거든."

송내 보육원에 도착하자마자 원장실을 찾았다. 꿀빵 레시피 마지막 쪽지를 열기 위해서였다. 아빠에게 꼭 한번 사랑을 고백하고 싶다던 김모나의 소원이 마음을 움직였다. 아빠가 천국으로 떠난 후라면 나도 같은 소망을 품을 게 분명했다. 그것도 아주 아주 절실하게.

천적의 마음에 공감하게 될 줄은 상상도 못 했다. 마음속에 미움과 연민을 함께 담은 신경증 환자가 됐다. 상황 반응 공식이 떠오르지 않아서 아빠에게 물어보고 싶었다. 물론 답은 백 퍼센트 용서하란 답이겠지만, 용서는 결코 호락호락한 게 아니다. 두 눈 질끈 감아야 하고, 자존심 다 내려놓아야 하고, 혹독한 상처를 잊어야 하는 어마어마한 일이다. 오랜 흑역사가 허술한 공감 한 번에 지워질 수는 없었다.

"어서 와! 은호 씨 막내딸이구나. 동글동글 귀엽게 생겼네. 그런데 이 친구는 쌍둥이? 둘의 얼굴형이 판박이야."

"얼굴형은 같지만, 눈코입 내용물은 내가 훨씬 나아요. 자세히 좀 봐주세요. 헤헤."

원장님의 환대를 받던 중에 양송이는 몹쓸 변명을 늘어놓았다. 은발을 멋지게 빗어넘긴 원장님은 장난스레 둘의 얼굴을 번갈아 봤다. 김모나 관련 고민을 해결하려면 친구들의 도움이 필요해 보였다. 하나 남은 레시피에 또 거부감이 생길 경우, 똑똑한 둘이 지혜를 발휘할지도 몰랐다. '사실보다 중요한 건 해석'이라는 양송이와 '짐작보다 중요한 건 관찰'이라는 김하늬. 둘을 통해 레시피의 객관적인 뜻을 찾고 싶었다.

"아빠가 맡긴 꿀빵 레시피 찾으러 왔어요."

원장님은 기다렸다는 듯 고개를 끄덕였다.

"그렇지 않아도 기다리고 있었어. 언젠가 노래가 꼭 올 거라 기대했지."

책상 서랍을 여는 원장님의 뒷모습이 신중해 보였다. 비닐 팩을 건네받을 때는 흡사 비밀 결사대의 전달식처럼 엄숙했다. 비닐 안에 네임펜으로 쓴 숫자 5가 선명하게 보였다. 무슨 일이 있어도 미뤄온 과제를 해결해야 할 시간이었다.

그런데 펼쳐 보니 마지막 꿀빵 레시피는… 빵 재료가 아니었다.

5

화덕 온도 170도가 되어야 반죽은 빵이 될 수 있어. 반죽을 하나씩 넣으면서 나무젓가락으로 계속 굴려주렴. 반죽은 가라앉은 상태에서 서서히 떠오르기 때문에 온도를 꼭 조절해줘야 해.

노래야, 너의 온도는 몇 도니? 다른 사람에게 따뜻한 화덕이 되어주고 있니?

그렇다면 이제 선물 쿠폰은 노래의 것이야.

선물이 뭔지 궁금하지? 꿀빵 오천 개란다. (팡파르 팡팡팡!!!)

착한 우리 딸, 많은 이들과 행복하게 나눠 먹으렴.

➜ 또 어려운 일이 생기면 다시 1번 레시피를 찾아보렴.

다시 1번 레시피로 돌아가라니! 네 장의 레시피를 구겨버린 걸 아빠는 정확히 아는 눈치였다. 어딘가에 설치돼 있을 투명 스캐너를 찾아 주위를 두리번거렸다. 도덕성 초과 레시피는 김모나에게 딱 맞는 선물을 주라고 요청하고 있었다. 무리한 요구를 하면서도 거침이 없었다. 게다가 선물 쿠폰은 무용지물이었다. 꿀빵 오천 개라니! 이제 아빠는 빵을 구울 수 없으니 발행 쿠폰은 휴지와 다름없었다. 두 친구도 정답이 떠오르지 않는지 다섯 고개를 해보자고 제의했다.

"이런 일로 치열하게 고민하다니, 이노래도 가끔 보면 촌스러우면서도 순수하단 말이야. 우리가 질문할 테니까 노래 넌 대답을 해봐. 첫째, 지금 넌 무엇 때문에 힘든 거니?"

"아빠의 압력은 점점 세지는데, 김모나를 용서할 수 없기 때문이야."

이제 겨우 시작인데 입이 툭 튀어 나갔다. 김하늬의 찰진 물음에 슬슬 억울한 감정이 올라왔다. 아직 용서할 준비가 안 된 것 같았다.

"둘째, 그렇다면 넌 왜 김모나를 용서할 수 없는 거니?"

"아, 그건… 그 인간 하는 짓이 너무 나쁘니까 그렇지!"

이번 대답은 좀 시원했다. 나도 모르게 성질을 부리고는 움찔해 원장님의 눈치를 살폈다. 그런데도 둘은 아랑곳하지 않고 질문을 쏟아냈다. 괜히 데려왔나 싶었지만, 때늦은 후회였다.

"셋째, 그렇다면 넌 어떤 결말을 원하는 거니?"

"어휴… 용서하는 거. 그래야 기념 음악제에서 깨끗한 노래를 부를 수 있으니까. 아빠한테 줄 선물만 아니라면 이런 고민 따위, 안 해도 될 텐데!"

두 손으로 머리를 감싸 쥐자 콧구멍으로 훅, 온몸의 기운이 빠져나갔다.

"넷째, 그렇다면 네가 생각하는, 김모나에게 맞는 온도란 뭐니?"

"음… 현재 그 앤 외로우니까 따뜻한 위로를 전하는 거겠지."

"이야, 이노래 똑똑하네. 답이 척척 나와. 역시 '꿀빵 클럽'의 1인자답다니까. 그럼 다섯째, 넌 김모나를 어떻게 위로할 계획이니?"

뾰족한 답이 떠오르지 않았다. 가족과 헤어져 낯선 학교로 떠나게 될 김모나. 딱 맞는 위로가 뭔지 막막했다. 내가 왜 위로자가 돼야 하느냐는 고약한 질문만 맴돌았다.

"투병 중에도 딸에게 보물찾기를 시키다니, 은호 씨답네. 한번은 보육원 정원에 빵을 숨겨 놓고는 나한테 찾아보라고 하더라고. 크크. 그때 재밌었어. 그래, 은호 씨가 마지막 꿀빵 레시피에 뭐라고 썼어?"

얼른 대답을 못 하자 친구 둘이 있는 그대로 말하라며 등을 토닥였다. 풀죽은 목소리로 겨우 말했다.

"따뜻하게 위로해 주래요. 그것도 너무 싫은 사람에게요."

"아하, 그럼 은호 씨가 숨겨둔 건 꿀빵 레시피가 아니라 인간관계 레시피였네. 은호 씨는 지혜로운 사람이니 딸에게 꼭 맞는 답을 써 뒀을 거야."

원장님은 고개를 끄덕이며 웃었다. 아빠가 매월 셋째 주 토요일 오전마다 들러서 아이들이 배불리 먹고도 남을 만큼의 꿀빵을 구워주고 갔다며 고마워했다. 약속을 어긴 적 없는 아빠가 9월에 오지 않아 궁금했는데, 언니와 통화 끝에 투병 사실을 알게 됐다며 안타까워했다.

"5번 쪽지의 답은 분명히 이노래 네 마음 안에 있어. 네가 가장 잘 알아. 좀 더 고민해 봐."

"그래, 맞아. 선물은 줄 사람이 정해야지. 주변 사람이 이거 해라, 저거 해라 참견하는 건 실례지."

김하늬의 객관적 결론을 양송이가 영어문장처럼 해석했다. 직무유기죄를 씌우려는 찰나, 양송이가 원장님을 향해 또 다른 죄목을 추가하고 말았다. 순식간에 벌어진 일이라 말릴 틈이 없었다.

"원장님. 지금 레시피 미션 수행해도 될까요? 원생들에게 노래 선물을 주고 싶어요. 곡명은 〈생명의 양식〉이에요."

천진난만한 양송이의 돌발제의에 기절할 뻔했다. 원생들을 청각 마루타로 만들려는 수작에 아연실색했다. 재해석은 무슨! 시한폭탄을 데려왔다는 자각이 뒤통수를 강타했다.

"그럼, 좋고말고. 꿀빵이든 노래든 사랑해서 주는 거라면, 최고의 선물이지. 외로운 우리 아이들에게 따뜻한 위로가 되겠네."

물개박수로 반응한 원장님 덕분에 바로 공연 각이 돼버렸다. 아이들이 놀고 있는 방으로 납치돼 가면서 허둥지둥 혀를 풀었다. 혀를 풀지 않고는 라틴어 가사 발음은 불가능했다.

"파니스 안젤리쿠스, 핏 파니스 호미눔."

「연습 잘하고 와.」

엄마의 수어는 언제 봐도 예뻤다. 아이같이 순수한 손 말. 아빠의 수어를 볼 수 없는 요즘, 엄마의 수어가 더 소중하게 다가왔다. 코감기에라도 걸린 것처럼 코끝이 찡했다. 약한 심장으로 잘 버텨준 엄마가 고마웠다.

"에이, 너무 감동 주면 도리어 노래 못 불러."

어색한 상황을 미소 띤 투정으로 받았다. 뻘쭘해도 고마운 마음을 표현하고 싶어서 엄마를 꼭 안아줬다. 어젯밤 일로 미안한 마음 가득해서다.

어젯밤 언니랑 다퉜다. 엄마가 잠깐 마트 간 사이, 둘이서 TV 앞에 앉아 있다가 수어 통역 장면을 보게 됐는데 언니가 궁금해했다.

"'청각 장애인 목소리 찾기 프로젝트' 신청해놓은 지 꽤 됐는데, 소식이 없네."

"난 신청한 거 취소하면 좋겠어."

천적의 맹공을 각오하고 정색해서 반문했다. 프로젝트 신청할 때 신나서 동의해 놓고는 겁도 없이 반박한 거다. 언니 마음 잘 알면서 그랬다. 천천히 내 쪽으로 고개를 돌린 언니의 무시무시한 표정에 순간 움찔했다. 하지만 겁 없이 토를 달았다.

"아빠하고 난 음성 없이도 백 퍼센트 의사소통했어. 수어로 통하지 않은 건 없었다고! 수어는 훌륭한 언어야. 음성까지 다 포함하는 완전한 언어라고. 언니는 뭐가 더 필요해? 사실은 AI 음성 프로그램이나 센서가 내장된 손 장갑 필요 없어. 아빠는 지금도 나한테 말하고 있단 말이야. 손으로 안 되면 눈으로, 눈으로 안 되면 표정으로, 그것도 안 되면 레시피로도 말해."

"지금 뭐래? 레시피로 말한다고?"

"언닌 몰라도 돼. 그런 게 있어."

고양이 앞에서 주장을 펼치다니, 잠깐 제정신이 아니었다. 대드는 쥐를 바라보는 고양이의 눈빛에는 여러 의미가 들어 있었다. 흥, 요것 봐라. 겁도 없이 대드네, 라는 어이없음이 하나. 무슨 근거로 까부는 거지?, 라는 궁금증이 하나, 쥐의 반격이 반드시 틀린 것만은 아니라는 각성이 하나.

수어는 명쾌하고 단순한데 음성언어는 역시 복잡했다. 이중 삼중의 메시지를 해석할 능력이 필요했다. 묘한 눈빛으로 쳐다보던 언니가 입을 열었다.

"너만 멋진 척하지 마. 난 이십육 년 살아오면서 아빠 음성 못 들어본 게 아파. 더 늦기 전에 엄마 음성은 들어보고 싶어. 그런데 넌 지금 내가 뭘 잘못하는 것처럼 얘기하네?"

"결국은 언니나 내 마음 아프지 말자고 하는 일이잖아."

"편리한 측면도 있지! 앱을 깔면 엄마랑 전화도 가능하고!"

"지금도 수어로 얼마든지 화상 통화 가능하잖아."

생각해 보면 아빠와 우리 가족, 주변 사람 사이에 수어 하나면 다 통했다. 아빠는 수어로 의사를 전달했고 넉넉한 사랑까지 베풀었는데, 굳이 인공 음성을 만들어낼 필요는 없다. 이젠 내 생각도 바뀌었다. 모든 건 수어로 충분하다. 아빠는 음성언어는 못 했지만, 건청인들보다 멋진 삶을 살았다.

"아니잖아. 언니는 엄마도 아빠처럼 사라질까 봐 겁나는 거잖아."

반항하는 쥐를 향해 고양이는 포식자의 표정을 서서히 회복했다. 아픈 곳을 찔린 고양이가 건방진 쥐를 가만둘 리 없었다.

"내가 너처럼 나약한 줄 아니? 난 하나도 겁 안 나. 어떤 일이 있어도 다 이겨낼 거니까. 내가 얼마나 강한지 넌 몰라. 난 어떤 독한 말도 다 들어 넘기며 자랐거든."

어쩌면 언니는 나보다 아빠 엄마 음성이 더 간절할지 모른다. 나는 태어나보니 열 살 위의 언니가 있어서 자연스레 음성언어를 배웠지만, 언니는 농인 센터 봉사자가 시간제로 와서 대화해 줬다고 들었다. 봉사자가 가고 나면 어린 언니 혼자 적막을 견뎌야 했다. 작은고모 말로는 언니의 지독한 독립성과 강인함은 아기 때부터 만들어졌다고 한다. 스물여섯 살 아가씨가 멋도 안 부리고 투쟁하는 전사 같다며 늘 혀를 찼다.

"왜 강한 척해? 힘들면 힘들다고 말하고, 아프면 아프다고 말해. 사실은 언니도 힘들고 아프잖아. 내일 아침 일어나면 아빠가 건강해져 있기를 간절히 바라잖아."

맘을 들켜서 민망했는지 언니는 입술을 바르르 떨었다. 평소 같으면 무서워 꼬리를 내렸겠지만, 이상하게 그 순간 언니가 작아 보였다. 발톱도 이빨도 다 빠진 허당 고양이 같았다. 억지로 눈물 참고 있는 것까지 훤히 보였다.

"너 자꾸 까불래? 네가 뭔데 내 마음을 함부로 진단해?"

언니가 빽 소리 지르던 그때, 마트 갔던 엄마가 돌아왔다. 장바구니를 현관에 부려두고 뛰어 들어왔지만, 언니와 나는 꼼짝하지 않고 대치 상황을 이어갔다.

「미래, 노래, 왜 싸워? 무슨 일이야? 둘 다 왜 그래?」

어느새 언니 눈에도 안개가 차올랐다. 풀잎에 맺힌 이슬이 제 무게를 못 이겨 떨어지듯 오른쪽 눈에서 뚝, 한 방울 눈물까지 흘렀다. 멜로드라마의 여주처럼 극적으로….

"편리함? 그래 다 거짓말이야. 난 그냥 딱 한 번 아빠 엄마 음성이 듣고 싶었어. 자라면서 벙어리 딸이라는 말이 제일 듣기 싫었거든."

언제 안개가 피어올랐는지 내 시야도 뿌옇게 변했다. 몸에서 적색경보가 시작됐지만, 나까지 울 수는 없었다. 그 순간은 내가 언니의 언니가 돼줘야 할 것 같았다. 천연덕스럽게 학교 상담 샘 흉내를 냈다.

"그래, 언니. 진짜 힘들었겠다. 사람 사이에 꼭 음성이 필요하다면, 내가 내일 음악제에서 부를 노래를 아빠가 못 듣는다는 말이잖아. 청각이 없어도 아빠는 내 노래 들을 수 있다고 생각해. 아빠는 나를 사랑하니까."

내가 생각해도 살짝 멋있는 말이었다. 언니의 왼쪽 눈에서 눈물 한 방울이 뚝, 연이어 떨어졌다. 엄마는 영문도 모르면서 같이 울었다. 안개가 점점 짙어지는 눈을 그냥 버려둔 채 우리 둘은 잠든 아빠를 바라보았다.

양송이와 김하늬가 다녀간 뒤로 아빠는 다시 미음을 넘기고 있다. 내 노래를 보기 위해, 아니 듣기 위해 최선 다해 투병하는 게 보였다. 음성 없이도 아빠는 여전히 우리에게 말을 걸고 있다고 믿고 싶었다.

카톡! 카톡! 카톡!

아침부터 요란하게 알림음이 울렸다. 어서 학교로 오라는 양송이의 재촉일 테다. 일찍 등교해서 노래를 맞춰 보자더니 카톡 대 방출이다.

"그래그래, 가고 있다고!"

톡을 열었는데 앗! 양송이가 아니었다. 선물이 도착해 있었다. 선물을 보낸 이는 송. 준. 서. 살짝 꼬집어본 볼이 아픈 걸로 보아 분명 실화였다. 상황 반응을 침착하게 생각해 보기로 했다.

노래야, 안녕? 무슨 말부터 해야 할지 모르겠어. 네가 읽지 않더라도 진심을 전하기로 했어. 진심을 전하는 게 시 창작보다 훨씬 어렵다는 걸 알게 됐어. 5층 복도에 걸린 시를 보고 그리움이라고 말해 줬던 그때, 네가 참 좋았어. 나에게 얼마나 큰 힘이 됐는지 모르지? 마음을 나누는 따뜻한 친구가 되고 싶었는데 이상하게 모든 게 꼬여 버렸어. 모두 내가 부족한 탓이야. 액자 사라졌을 때 내 질문이 참 어리석었지? 마음도 중요하지만, 표현도 잘해야 한다는 걸 혹독하게 배웠어. 상처 줘서 미안해. 변명 같지만 네가 몰래 가져갔다는 생각은 한 번도 해본 적 없어. 진심이야.

어떻게 마음을 전할지 고민하다가 음악 선물을 보낸다. 사실은 초등학교 2학년 때부터 쭉 아빠랑 둘이 살고 있어. 엄마는 우즈베키스탄 사람인데 고향으로 돌아갔다고 들었어. 그래서인지 내 마음속엔 늘 그리움이 떠다녀. 엄마가 보고 싶을 때마다 시를 쓰고 음악을 들었어. 너처럼 노래도 불러보고. 엄마가 노래를 참 잘했거든. 그래서 노래 잘하는 사람을 보면 저절로 마음이 가나 봐. 네가 좋아해 준 「공명」도 사실은 엄마를 생각하며 쓴 시야. 이런 이야기를 이제야 톡으로 나누게 되네. 나도 네가 힘들 때 기댈 수 있는 좋은 친구가 되고 싶어. 네 아빠를 위해서 기도하고 있어. 항상 널 응원해.

송준서가 보내온 음악 선물은 〈우리가 지금은 멀리 있을지라도〉. 등굣길, 이어폰으로 들으며 걷기로 했다. 서정적인 피아노 연주곡이 가만가만 마음을 만졌다. 송준서 마음속에 떠다니는 그리움이 어떤 빛깔인지 어렴풋하게 그려졌다. 먼 궤도로 멀어져 간 달이 어김없이 슈퍼 문으로 다가올 때가 있다는 걸 잊고 있었다. 아픔과 외로움을 지나 따뜻함에 이른 준서가 나직나직 말을 걸어왔다. 노래야, 괜찮지? 아빠 때문에 힘들어도 잘 이겨낼 수 있지?

추운 날씨인데 이상하게 따뜻했다. 화덕에서 올라오는 따끈따끈한 온기가 몸을 데워주는 것처럼. 엄마와 언니가, 송이와 하늬가, 상담 샘과 마용희 샘이, 고현심 할머니와 보육원 원장님이, 수원 언니와 준서가 데워준 화덕은 따스했다. 세상은 한 사람의 희생이 아니라, 여러 사람이 데워주는 화덕의 힘으로 나아가는 거였다. 은행나무에 아직 매달려 있는 이파리 하나가 떨고 있었다. 준서가 보내준 멜로디 위로 야윈 아빠 얼굴이 겹쳐졌다. 준서처럼 아빠에게로 마음의 응원을 보냈다. 아빠, 괜찮지? 힘들어도 잘 이겨낼 수 있지?

드디어 기대하고 기다리고 기도하던(진짜 기도라기엔 많이 찔리지만) 크리스마스이브다. 더 중요한 건 개교 50주년 기념 음악제가 열린다는 사실!

「이거 먹고 가.」

엄마는 생계란 끝을 젓가락으로 톡 깨서 내밀었다. 엄마 어릴 적 방식이 미심쩍었지만, 호로록 단번에 마셔줬다. 4개월간 간호하느라 엄마 얼굴이 엉망이었다.

"오후 세 시쯤 음악제 끝나. 빨리 와서 교대해줄게. 그때 좀 쉬어."

「괜찮아, 걱정하지 마. 오늘 노래 잘 불러.」

"내 이름이 노랜데 설마 노래 못 부를까 봐?"

엄마는 웃는데 소파에 누운 언니는 눈도 안 뜬 상태로 태클을 걸었다.

"야, 이노래. 까불지 말고 잘해. 비주얼도 안 되고 목소리도 안 되면서 자뻑이라니. 겸손하게 불러. 에고, 내가 걱정이다, 걱정이야."

우리 언니, 어제 밤새워 간호한 직후라 참아주기로 했다. 오늘은 용서의 아이콘 크리스마스이브니까! 두 달 이상 점심시간을 통째로 바쳐가며 준비한 D-day니까! 그리고 아빠에게 선물을 전하는 귀한 날이니까!

"그래그래 언니. 겸손하게 부를 테니까, 아빠 손가락에 동작 감지선 잘 연결해 줘. 알았지?"

자고 나면 아침에 바뀌어 있기를 바라는 소원이 어느새 또 달라졌다. 아빠가 내 노래를 마음으로 듣고 반응할 수 있기를 간절히 기도하고 있다. 신기하게도 그저께부터 아빠는 깨어 있는 시간이 조금 늘었다. 언니 말로는 딸의 노래를 들으려는 초인적인 의지 때문이라고 했다.

"아빠, 다녀올게."

푹 잠들었는지 쉽게 눈을 뜨지 못했다. 하지만 오늘은 꼭 아빠를 깨우고 싶었다. 노래하러 간다고 말하고 인사도 하고 싶었다. 홀쭉해진 양 볼을 억지로 잡았다.

"잠꾸러기 은호 씨, 그만 일어나요. 나, 노래하러 가는데 인사해야지."

아빠가 눈에 힘을 주고 잔잔하게 웃었다. 그럴게, 라는 아빠 식의 답이었다.

준서가 보내 준 음원을 들으며 걷다 보니 긴장했던 뉴런이 느슨해졌다. 심장에서 울리던 불안한 북소리가 천천히 잦아들었다. 아침 하늘이 음원과 닮아서 신기했다. 낮게 내려와 있어서 손에 닿을 듯한데 비구름이 잔뜩 몰려있었다. 바람이 불지 않는데도 뺨이 차갑게 얼어붙었다. 움츠리고 걷는 사람마다 하얗게 입김을 내뿜었다. 일기예보에선 오늘 비 올 확률 구십 퍼센트라고 했다. 차가운 겨울비라니, 음악제에 올 관객들이 불편할까 봐 걱정됐다. 완전히 옷을 벗은 은행나무가 추워 보였다. 6G와 손잡고 시간이 이렇게 빨리 달릴 줄 알았다면 누구에게든 더 많이 사랑한다고 고백하고 더 많이 손 내밀어 줄 걸 그랬다. 추운 은행나무 위로 하나의 얼굴이 떠올랐다. 김모나… 여름 나무처럼 자신을 뽐내던 그 애가 어디에선가 겨울나무처럼 떨고 있을 것만 같았다.

"에고! 도저히 안 되겠다."

망설이고 망설이던 꿀빵 레시피 미션을 수행하기로 했다. 오늘은 깨끗한 마음으로 노래하는 크리스마스이브니까. 그간 아빠의 레시피어는 끈질기게 따라다녔다.

「사람이 사람에게 줄 수 있는 가장 귀한 선물이 뭘까? 용서란다. 용서는 다른 사람에게 자유를 주지만 나에겐 더 큰 자유를 준단다.」

핸드폰 톡을 열었다. 학급 단톡방으로 들어가 김모나 이름을 클릭할 때 손가락 끝이 떨렸다. 천적의 톡을 열게 될 줄은 꿈에도 몰랐다. 프로필 사진과 배경 사진도 비어 있고 상태 메시지도 없었다. 사람 모양의 텅 빈 푸른 공간이 김모나가 여기에 없다고 말해 주는 것 같았다. 용돈을 아껴 멜론에서 사 놓은 음원을 열었다. 두 눈 질끈 감고 발송 버튼을 눌렀다. 곡명은 〈우리가 지금은 멀리 있을지라도〉.

준서가 보내준 공명이 다시 김모나에게로 흘러갔으면 싶었다. 용기 낸 김에 한 마디 더 덧붙여 보내기로 했다. 시간이 지나면 못 할 것 같아서였다. 먼 훗날, 수어뿐 아니라 속마음을 음성으로 변환해 주는 AI 프로그램이 개발된다 해도 지금이 아니면 늦어버릴 테니까. 세상의 모든 좋은 건 6G급으로 달려가니까. 심리적 시간은 늘 물리적 시간보다 더 빨리 흐르니까. 지금 다가온 슈퍼 문은 다시 먼 궤도로 달아날 테니까. 메시지를 작성하고 두 번째 발송 버튼을 눌렀다.

모나야, 잘 있니? 보고 싶다.

너에게 했던 욕설과 폭력 미안해. 대화로 풀어야 했는데 내가 부족했어. 용서해 줄래?

모나야, 깨끗한 마음으로 부르는 노래는 그리운 사람에게로 가서 공명된대.

네가 어디에 있든 너의 고운 노래가 많은 사람의 마음으로 날아가 따뜻한 위로가 되면 좋겠어.

"'꿀빵 클럽' 어디 있어요?"

"여기요."

"다음, 다음, 다음 순서예요. 지금 대기실로 갈 거예요. 따라와요."

진행 팀원 안내에 다리가 덜덜 떨리고, 잠잠하던 심장에선 역대급 천둥소리가 터져 나왔다. 청소년 시립 합창단의 악몽은 끝났다고 생각했는데 착각이었다.

"나, 지금 떨고 있냐? 내 손 좀 잡아줘."

청심환까지 먹고 왔다는 양송이가 와들와들 떨었다. 김하늬도 긴장되는지 첼로를 잡은 손에 땀이 밴다며 울상이 됐다. 심장 울림이 드러나면 관객 앞에서 망신이 따로 없었다.

"청심환 먹은 양송이버섯이면 값을 해. 녹차 먹은 돼지고기도 값이 올라가는데, 도대체 넌 뭐냐?"

"이노래, 나 어제 리허설 후부터 자신감 폭망이야. 잠도 안 오더라. 심장에서 정체불명의 소리가 들려. 이거 신경증일까? 아님 정신중일까?"

어떤 과제든 척척 해내는 양송이가 덜덜 떠는 모습이 오히려 귀여웠다. 내가 채워줄 수 있는 부분을 발견한 것 같았다. 어제 리허설 잘했고 노래 잘 불렀다며 격려해줬다. 사실은 나도 떨려서 어젯밤 제대로 못 잤다. 오천 명이 넘는 졸업생들이 몰려왔다니, '설마'가 '실화'가 됐다. 우리의 초라한 노래로 어떻게 오천 명이 넘는 관객을 행복하게 만들지 아찔했다. 고작 보리떡 다섯 개와 물고기 두 마리로 오천 명이 넘는 무리를 먹였다는 마태 씨의 기록이 떠올랐다. 마태 씨가 눈앞에 있다면 물어보고 싶었다. 우리에게도 그런 기적이 일어날 수 있을까요, 라고.

"노래야, 어제 리허설 때 라틴어로 부르니까 민망하더라. 오늘 무대 보면서 애들이 웃을 것 같아. '파니스 안젤리쿠스'가 뭔 뜻인지 아냐며 놀릴지도 몰라. 첫 소절 부를 때 객석에서 바로 폭소 터지면 어떡하지?"

"야, 양송이. 라틴어로 부르자고 고집부려놓고 지금 후회하면 어떡해? 정신 차려."

사실은 나도 〈별〉의 흑역사가 자꾸 재생됐다. 첼로 전주가 흘러나온 뒤 분위기 잡고 첫 소절 부를 때 누군가, 쟤들 지금 뭐래?, 한마디면 객석이 웃음바다가 될 건 뻔했다. 짓궂은 아이들의 군중심리를 잊고 있었다. 리허설 때 남학생 몇이 정말로 웃던 게 생각나 아찔했다.

열기로 후끈해진 대기실엔 다음 순서인 팝송 트리오 남학생들이 빨개진 얼굴로 긴장 타고 있었다. 안면 홍조 트리오라고 이름 바꿔 주고 싶을 정도였다.

"야, 너희들 갱년기냐? 얼굴이 왜 그렇게 빨개?"

키득키득, 짓궂은 놀림에 여기저기서 웃음소리가 새어 나왔다. 언제든 어디서든 특징 잡히면 놀림감 되는 건 시간문제였다. 우리가 지나갈 때마다 아이들이 "안젤리쿠스? 안젤리나 졸리가 파스 붙였냐?", 라고 놀리면 끝인 거다.

그다음 순서인 '블랙핑크2' 팀원들도 소리 없이 춤 연습에 몰두해 있었다. '지수' 포지션 송예나는 과한 청순 콘셉트로, '제니' 포지션 김수지는 덩치에 안 맞게 귀여운 콘셉트로 꾸며 웃음을 자아냈다. 꿀빵 클럽의 둥근 얼굴도 경건한 노래와 따로라며 아이들이 키득거릴지 몰랐다.

이십 명 가까운 인원이 꽉 들어찬 대기실 공기가 답답했다. 쪽창으로 보이는 사각하늘은 곧 비가 올 듯 가까이 내려와 있었다. 오늘 아침, 기상 캐스터 언니는 크리스마스이브니까 비가 눈으로 변하는 기적을 기대해 보자고 했다. 뭐라도 쏟아낼 듯 잔뜩 부풀어 오른 하늘에 파리한 은호 씨 얼굴이 그려졌다.

「이번 크리스마스이브에 눈 오면 아빠 하루 쉴게. 그날 우리 같이 하늘에서 내리는 밀가루로 세상에서 가장 큰 빵 만들어 보자. 세상 사람들 다 먹고도 남을 만큼 커다란 빵 말이야.」

아빠의 수어를 생각하다가 고개를 가로저었다. 노래에만 집중하기로 했다.

"양송이! 그냥 우리말로 순수하게 부르자."

"뭐?"

"우리말로 부르자고!"

"지금 바꿔도 괜찮겠어? 우리말로는 몇 번밖에 맞춰 보지 않았잖아."

"괜찮아. 지금 맞춰 보면 되지."

"바로 다음, 다음 순서인데?"

"♬ 생명의 양식을, 하늘의 만나를, 맘이 빈 자에게 내리어 주소서. ♬"

거의 울상이 되어버린 셋의 심장은 공갈빵처럼 부풀어 올랐다. 언제 터질지 모르는 시한폭탄이 설치됐다. 꿈이 아니라면 정녕 꿀빵 클럽은 최대 위기를 맞은 셈이었다.

"우리 송내 중학교에는 명랑 걸스 양송이와 이노래, 김하늬 세 여학생이 결성한 밴드가 있습니다. 모두 꿀빵을 좋아하는 소녀들이라고 하는데요. 그 의미를 살려 만든 밴드명이 '꿀빵 클럽'입니다. 관객 여러분, 밴드명만 들어도 슬슬 배가 고파지시죠?"

"예!!!"

쩌렁쩌렁 울리는 공명. 관객들의 화답이 떼창처럼 들렸다.

"그래요. 여기 계신 오천 명이 넘는 관객들을 배부르게 먹이고도 남을 맛있는 노래를 불러줄지 기대됩니다. 우리 동문님들, 비를 뚫고 오시느라 다들 지치고 배고프실 것 같아요. 그럼 우리, 맛있는 노래 들어볼까요? 꿀빵 클럽! 우리 배고파요, 어서 나와 주세요."

사회자의 소개말을 듣고 무대로 걸어 나가는데 숨이 턱턱 막혔다. 완전, 완전, 완전, 떨렸다. 객석을 향해 인사하면서도 무대에 두 다리를 딛고 서 있다는 실감이 없었다. 구름 위에 떠 있는 무중력 상태였다. 가족과 함께 안개 낀 덕유산 고개를 오를 때처럼 숨이 찬데, 불 꺼진 객석은 하나도 보이지 않았다. 가시거리가 이십 미터도 안 됐다. 앞도 뒤도 옆도 어둠의 안개였다. 모든 풍경은 안개 바다 아래로 사라지고 세상에 우리 셋만 떠 있는 것 같았다. 점점 더 숨이 턱에 차올랐다. 무대가 너무 아름답고 또 너무 무서웠다.

"와! 양송이, 이노래, 김하늬. 잘해. 파이팅!"

"야, 꿀빵 클럽 멋있다."

"꿀빵 클럽 최고!"

환호 소리와 함께 터져 나오는 박수갈채. 폭력을 일삼던 인간에게 보내 주는 응원에 마음이 먹먹해졌다.

공명이 울리는 커다란 예배당은 드넓은 들판 같았다. 모두의 눈이 우리에게로 향해 있을 터였다. 맛있는 노래를 기대하는 공기에 호흡까지 전달될 듯했다. 웅성거리던 관객의 소리가 잦아들다 이윽고 조용해지는데….

하얀 조명이 천장에서 내려와 우리를 동그랗게 덮었다. 눈이 부셨다. 조명 색처럼 머리가 하얗게 비워졌다. 곁눈질로 옆에 선 양송이를 보니 파르르, 속눈썹까지 떨고 있었다. 둘이 시선을 마주치며 꼴깍, 마른침을 삼켰다. 첼로를 잡은 김하늬가 왼쪽에 앉아 있고, 가운데에 나, 오른쪽에 양송이가 섰다. 보이는 건 아무것도 없었다. 객석 어딘가에서 준서도 지켜볼 터였다. 그리움이 출렁이는 준서 마음에 작은 위로가 됐으면 싶었다.

드디어, 피아노 반주에 맞춰 김하늬의 오른팔이 부드럽게 비상하며 활을 그었다. 첼로 전주가 시작됐다. 예배당 내부는 완전히 깜깜해지고 머리 위로 또 다른 조명이 쏟아져 내렸다. 따뜻한 노란색. 밤하늘에 뜬 꿀빵을 비춰주던 색이었다. 문득 5교시의 달달한 꿈속으로 들어온 느낌이 들었다. 마음이 조금 편안해졌다.

첼로 현에서 자아낸 음이 숨소리 하나 들리지 않는 공간을 향해 나직이 퍼져나갔다. 겸허한 음이 풍경으로 바뀌었는지 무대 영상을 보며 관객들이 탄성을 발했다.

"오!"

어떤 영상인지 우리는 돌아볼 수 없었다. 맞은편 출입문 위, 아치 모양의 커다란 창문만 환했다. 창 너머로 잔뜩 부풀어 오른 회색빛 하늘이 보였다.

"♬ 생명의 양식을~ 하늘의 만나를~ 맘이 빈 자에게 내리어 주소서. ♬"

우리말로 부르는 〈생명의 양식〉. 귀여운 양송이, 아무렇지 않은 척 찰떡으로 불렀다. 역시 마음 잘 통하는 내 프랜드였다.

"♬ 낮고 천한 우리 긍휼히 보시사 주여, 주여, 먹이어 주소서 주여, 주여 먹이어 먹이어 주소서. ♬"

추위에 떨던 나무들도 꽁꽁 얼었는지 밖은 조용해 보였다. 그런데 아! 신기한 풍경이 펼쳐졌다. 아치형 창문 너머, 하늘에서 눈발이 흩날리기 시작했다. 기적이 일어났다. 기상 캐스터 언니 말대로 화이트 크리스마스이브가 되려는 듯했다. 관객들은 무대에 집중하느라 밖에 눈이 내리기 시작한 걸 아무도 몰랐다.

"♬ 주님이 해변서 떡을 떼심 같이 하늘의 양식을 내리어 주소서. ♬"

진눈깨비로 휘날리는가 싶더니 금방 굵은 송이가 되어 쏟아지는 눈. 순식간에 회색 하늘이 하얀색으로 바뀌었다. 아빠 소원이 이루어졌다. 아빠는 지금 내 모습을 보고 있을 터였다. 아니 내 뒤에 흐르는 영상을 통해 내 노래를 듣고 있을 터였다. 아빠에게 소리치고 싶었다. 하늘에서 하얀 밀가루가 막 쏟아진다고. 그러니 세상 사람들 다 먹을 수 있는 꿀빵을 만들자고.

"♬ 낮고 천한 우리 긍휼히 보시사 주여, 주여, 먹이어 주소서 주여, 주여 먹이어 먹이어 주소서. ♬"

완전히 비워진 땅에 하늘의 양식이 펑펑 쏟아졌다. 배고픈 땅에 다시 채워지는 하얀 꿀빵… 나무와 풀들은 꿀빵을 먹고 다시 힘을 낼 터였다.

"♬ 생명의 양식을 하늘의 만나를 맘이 빈 자에게 내리어 주소서. ♬"

흐려진 아치 창문 너머로 커다란 그림이 아른거렸다. 세상에서 가장 큰 빵을 만들어 굶주린 사람들에게 나눠주는 아빠. 한 개, 두 개, 세 개, 네 개, 다섯 개. 어느새 수북이 쌓인 빵들을 보며 아빠가 환하게 웃었다.

"노래야."

AI 프로그램도 센서가 내장된 장갑도 장착하지 않았는데 아빠가 말을 건넸다.

"노래야, 넌 아빠가 부를 영원한 노래란다."

중후한 저음. 상상하던 베이스 음이었다.

"♬ 낮고 천한 우리 불쌍히 보시사 주여 주여 먹이어 주소서. ♬"

"와!!"

관객들이 한꺼번에 탄성을 발했다. 객석이 술렁였다. 무대 영상을 보고 놀란 것 같았다. 등 뒤 영상이 출입문 아치창에 희미하게 반사됐다. 세상이 온통 눈으로 덮인 하얀 풍경… 창밖과 창 안이 흰 눈으로만 채워졌다. 다시 아빠 음성이 들려왔다.

"세상을 향해 가장 깨끗한 노래를 부르렴. 세상이 위로받고 배부를 수 있게."

"와-아!!!"

관객들이 더 큰소리로 환호했다. 신기한 일이 일어났다. 영상 속

하얀 풍경이 새하얗게 짙어져서 눈 내리는 바깥 풍경을 덮어 버렸다. 눈에서 뜨거운 뭔가가 흐르기 시작했다. 선천성 눈물 결핍증인 내가 오천 명이 넘는 사람들 앞에서 눈물을 흘리다니, 준서가 보고 있을 텐데 부끄러웠다.

"♬ 주여~ 주여~ 먹…어 먹이… 주소서. ♬"

목이 멨다. 음이 자꾸 막혔다. 당황한 양송이가 더 크게 불렀다. 각막이 흐려져서 앞이 잘 보이지 않았다. 아빠가, 손가락을 움직인 걸까. 무대 위에도 창밖에도 함박눈이 펑펑 내렸다. 하얀 세상이 더 하얀 눈으로 차올랐다. 아빠는 쿠폰 약속을 지켰다. 오천 개가 넘는 꿀빵이 하늘에서 쏟아졌다.

작가의 말

글의 시작은 성찬식에서였어요. 손톱만 한 카스텔라 빵조각이 영혼의 허기를 채우는 게 신기했습니다. 놀라운 사랑 안에서는 작은 빵조각도 하늘에 걸린 커다란 꿀빵처럼 보였거든요.

30년간의 교직 생활을 마무리하면서 청소년들에게 작은 선물을 하고 싶었습니다. 허기진 아이들이 꿀빵을 먹고 힘낼 수 있다면 얼마나 좋을까, 라는 소망으로 글을 썼어요. 글이 책이 되어 나오는 동안 꿀빵을 굽는 것처럼 즐거웠습니다. 청소년들과 맛있는 꿀빵을 함께 나눠 먹는 꿈을 꿨어요. 친구를 의미하는 단어 companion은 라틴어 com(together)과 panis(bread)가 만나 만들어졌다고 해요. '함께 빵을 먹는 사이'가 곧 '친구'라니, 빵을 굽듯 글을 쓰면 독자들과 친구가 될 수 있다는 말 같아서 행복했습니다.

내 곁에 머물던 '꿀빵 장수 이은호 씨의 딸 이노래'는 이제 친구들에게로 떠납니다. 비록 '보리떡 다섯 개와 물고기 두 마리'처럼 모습은 초라할지라도 응원받으며 힘있게 나아가길 기도합니다. 부디 이노래의 노래가 친구들에게 맛있는 꿀빵이 되면 좋겠습니다.

2023 늦가을에 심은신

꿀빵 레시피

2023년 11월 30일 1판 1쇄 찍음
2023년 12월 17일 1판 1쇄 펴냄

지은이 심은신
펴낸이·편집장 윤한룡
디자인 윤려하
관리·영업 이소연
홍보 고 우

펴낸곳 (주)실천문학
등록 10-1221호(1995.10.26)
주소 남양주시 퇴계원읍 퇴계원로 52 405호
전화 02-322-2161~3
팩스 02-322-2166
홈페이지 www.silcheon.com

이 책은 울산광역시, 울산문화관광재단 '2023년 예술창작활동 지원사업'의
지원을 받아 발간되었습니다.

ISBN 978-89-392-3144-3 03810